JN318697

カフェかもめ亭　猫たちのいる時間

村山早紀

ポプラ文庫ピュアフル

カフェ
かもめ亭

猫たちの
いる時間

古い歴史をもつ海辺の街、風早《かざはや》の街。

その港のそばの、明治大正時代からの洋館が今も建ちならぶあたりに、わたしの店はあります。

表通りをはずれた、一歩裏道に入った通り。通りと平行にのびている、昔はこちらが表通りだったそうですが、今では車もほとんど通らない静かな石畳《いしだたみ》の道。その道に向かって、わたしの店は、扉をひらいているのです。

暗い色のオークの木と石と煉瓦《れんが》でつくられた建物は、その昔、帆船の客室や、イギリスのパブをモデルにつくられたと聞きました。

どこか頑固なお年寄りのように重くどっしりとした風情があって、たぶんそれだけならお客様には入りにくい雰囲気《ふんいき》を漂《ただよ》わせているのかもしれませんが、壁《かべ》をはう緑色の蔦《つた》の葉や、ピンクや赤のゼラニュウムの花に囲まれて、絵はがきみたいなかわいらしさもあるのじゃないかな、とわたしは思っています。

古い茶色の自動ピアノが、店の真ん中で静かに鳴っています。小さいながらもグランドピアノの形をした、愛らしく美しい楽器です。

曲は耳に慣れた、優しい曲ばかり。クラシックやジャズのスタンダードや、ミュージカルの中の曲や。お年をお召しのお客様なら、「なつかしい」と口もとをゆるめるような曲。若い方たちなら、「この曲好きなんだ。何て曲か知らないけど」そんなふうにお連れの方に笑いかけるような曲を選んであります。

実は、演奏する曲はたまに増えたり、入れ替わったりしています。皆様、お気づきにならないようなのですが、街に住む職人さんが趣味で曲を増やしてくださるので、季節ごとに入れ替わったり、新しめの曲がさりげなく加わっていることもあるのです。

天井《てんじょう》近くに開いた明かり取りの窓と、出窓からは、日の光がいっぱいに入ってきます。

出窓のひとつは、海がある方向にひらいているので、押してあけると、潮風《しおかぜ》が入ってきます。貝がらでつくられたかもめのモビールが、空を舞うようにゆらゆらと揺れます。

かもめは、そう、店の象徴《しょうちょう》。

わたしの店の名前は、喫茶店《カフェ》かもめ亭《てい》。


カウンターの奥で、紅茶やコーヒーや香料が入った缶や瓶《びん》が並んだ棚《たな》の、その前に立って、わたしは今日もお湯を沸かし、銀のポットを磨《みが》いています。誰《だれ》かお客様が店の木の扉を押してくださる、そのときを待ちながら。

扉にはめこまれた、色とりどりのステンドグラスを通して入ってきた光が、魔法めいた色合いで、磨かれた木の床を染めています。

その図柄は、青い海に白い腕をひろげてうたう人魚姫と、その頭上に、百合《ゆり》の花をちりばめたように無数につどうかもめたちの姿。

喫茶店かもめ亭。

今の代のマスターのわたしは、店の主《あるじ》になってまだほんの数年の、頼りない小娘ですが、店そのものは、曾祖父《そうそふ》の代から、もう七十年も、この街でこの場所で、営業させていただいているのです。

朝には、仕事の前の元気が出る一杯のコーヒーを。

昼さがりには、気分転換に、熱く薫り高い紅茶を。

夕暮れどきには、疲れた気持ちを癒《いや》す香草茶《ハーブティー》。

そして夜には、こっくりと甘いココアや、少しだけお好みのお酒を垂らした、身も心もあたたまる飲み物を。

港から時折聞こえてくる、船の汽笛《きてき》や、海からの風が窓を揺らすかすかな音を聞きながら、わたしはお客様に飲み物や軽いお食事をお出しして、お客様が望まれるときにはお話しのお相手などしながら、このカウンターの中に立ってきました。

そうしてうかがってきた、お客様のお話には、興味深い話も楽しい話もあり、聞いていてつい涙がこぼれるような話もありました。

一杯のお茶のぬくもりが、まるで優しい呪文《じゅもん》のように、その方の心の奥で忘れられていた、なつかしい記憶を呼びさますこともありました。

お客様の中には、不思議な話をしてくださる方もありました。

まるで魔法のような出来事や、いっそ奇跡と呼べるようなこと。偶然と片付けてしまうには、ためらってしまうような謎《なぞ》めいた記憶。

世の中には、信じられないようなことや、夢みたいなこともあるのだと思うようになったのは、わたし自身が先代のこの店の主の後を継《つ》いで、カウンターの中に立つようになってからのことです。
屋外の日の光の下で聞けば、あるいは色あせて、信じがたく思えてしまう物語でも、この店のセピア色の空気の中で、揺らぐ紅茶の湯気を見つめ、ブルーマロウのお茶の、過ぎてゆく時につれて変わりゆく色を見ながら聞けば、もしや真実かもと思えてくるものなのかもしれません。

たぶん、わたしたちが思っているよりも、魔法は身近に存在していて、天使はわたしたちの言葉に耳を傾けているのかもしれない、そんなことをふと、夢想したりもします。
優しい奇跡は、この世界のそこここで、いま、この瞬間も起きているものなのかもしれないと。

さて、お客様――。

今回わたしがお話しいたしますのは、猫たちの物語。

数年前の冬、ちょうどクリスマスの頃から、わたしのお店に来てくださるようになった、旅のお客様からうかがったいくつかの物語です。

話し上手なその方は、猫が大好きだとおっしゃって、ここへ来るたびに、いろんな猫たちのお話をわたしに聞かせてくださったんです。愛らしいメルヘンや少しばかり謎めいた物語。どきりとする怖いお話。冬が過ぎて、春のおとずれを迎えるまで、その方はお店に通ってくださいました。あれはとても、楽しい時間でした。

ねえ、お客様、ご存じですか？

猫という生き物は、一説によれば、遥《はる》かに遠い五千年も昔から、人間とともに暮らしてきたのだそうです。ひととはまるで違う姿形、寿命の長さを持ちながら、助け合い寄り添い合うようにして、長い歴史をともに歩んできました。

神話の時代に近いような大昔、人類がエジプトの川のほとりで農耕を始めた時代から、ひとの暮らしとともにあった存在です。いま、月も太陽系も越《こ》えて、遠い宇宙へと、人類がその知恵の翼を伸ばしてはばたいている現在まで——そしてたぶん、これから先の、遥かに遠い未来まで、優しく賢い生き物たちは、旅の道連れのようにひととともに生きていってくれるのでしょう。

そのきらめく宝石のような目で、人間たちを家族として見つめ、友人として愛し、信頼するまなざしを向けながら。

幸せな時間をともに過ごし、悲しいときにはそばにきて、流れる涙をなめとってくれながら。

そして――ときどき、不思議な魔法の力を使って、小さな奇跡を起こしながら。

ええ、猫ってどうやら、魔法の力を持っているらしいんです。

わたしがうかがったお話だと、どうもそういうことらしいんですよ……。

もくじ

猫の魔法使い

魔法使いの弟子

ラム酒入りの紅茶

数日降り続いていた雪がやみ、でも日差しが降りそそぐほどには空が晴れない、そんな静かな昼下がりのことでした。

店の窓越《ご》しに見上げる一月の曇《くも》り空は、天上の光をはらみ、白銀に輝いています。凍《い》てつくような風の吹く真冬とはいえ、もう春の光に切り替わりつつあるような、そんな空の色でした。

昼のランチタイムと、その後片付けも終わり、ちょうどお客様の波も途絶《とだ》えた時間。わたしはカウンターの後ろにある棚《たな》を振り返り、並べてあるお茶の葉や香料の入った瓶《びん》や缶を見渡しました。きちんと並べ直し、軽くはたきをかけてゆきます。まめに見ていないと、埃《ほこり》が積もるのを見過ごしたりもするのです。

祖父から受け継《つ》いだ小さな喫茶店。ひとりで世話をしている古いお店ですから、わたしがいつも綺麗《きれい》であるように気を遣っていなくてはいけません。気がつくとはたきをかけるその仕草が祖父がそうしていたのと同じ手首の返し方になっていて、笑ってしまいました。子どもの頃から見ていた、大好きな祖父の仕草。紅茶やコーヒーの味だけでなく、そんなことまで受け継いでしまうものなのですね。

古い喫茶店では、今日も自動ピアノが美しい音色を奏《かな》でています。これも戦前から動き続けている、職人さん手作りの品。店と一緒に祖父から受け継いだ宝物のひとつでした。ピアノはいまはデュカスの「魔法使いの弟子」を柔らかくジャズアレンジしたものを奏でています。少し不穏な感じをはらんだ、幻想的なメロディラインは、いまの空の色に似合っているようでした。

銀色に見える空の下、ストーブが明るく炎を燃やしている喫茶店の中は、こうしてあたたかいですが、窓の外には雪の名残《なごり》の、凍るように冷たい風が吹いていることでしょう。

わたしは掃除《そうじ》をする手をふと止めて、軽くため息をつきました。

「猫も寒いだろうなあ」

いくら毛皮を着ていても。なのに、あの猫はこの寒空の下、どこにいるのでしょう？

いつの頃からか、店の周囲で暮らしている猫がいます。しっぽだけに薄く縞《しま》がある、白に茶のぶちの、ふっくらとしたおじさん猫。

一日に一度はこの店に顔を出し、生クリームを落としたぬるいミルクをなめるのが日課になっていたのに、数日前から姿を見せません。

おそらくは野良猫で、だから少々薄汚れているのですが、近所の家かお店でご飯をもらっているのか、飢《う》えているようでもありません。この町内は猫が好きな方も多いので、あちらの軒先《のきさき》を借り、こちらの家の庭で眠り、たまには家に上げてもらい、と気ままに暮らしているのかもしれません。

うちは喫茶店、食べ物を扱うことだし、と積極的に猫を店に呼び入れることまではしませんでしたが、猫が店の周囲にいる情景は好きでした。玄関マットに寝そべって、ひなたぼっこをしている様子をスケッチしたりもしていました。——そんなふうにしているうちに、最近になって、ふと思い出しました。

子どもの頃、父と別れ、からだの弱い母とともに、この店を営む祖父に引き取られてきたばかりの頃に、似たような柄の野良猫と仲良しだったことを。

その年、とても寒かった冬に、遠く知らない街に引っ越してきたわたしを、太って薄汚れたその猫は慰《なぐさ》めてくれ、この街での初めての友達になってくれました。

わたしはその猫をトラジャと名付けました。コーヒー豆の名前と、その猫のしっぽだけ虎縞な柄をひっかけて付けたのです。

「トラジャと暮らしたかったんだよなあ」

いま店の周囲にいるあの猫のように、いつも店のそば、わたしのそばにいてくれた、太っちょのおじさん猫。優しい顔で、目を細め、満足そうに笑う猫。抱きしめるとふわふわとあたたかかったトラジャ。

あの猫をうちの猫にできたら、と思ったのでした。トラジャと、家族として暮らしたい。一緒に寝て起きて、遊ぶことができたら。そして、ひとなつこいけれど家のないさみしそうな猫に、あたたかな布団《ふとん》と美味《おい》しいご飯をあげることができたら。

けれどここはおじいちゃんの大切なお店。食べ物屋さんでは動物は飼えないといつかどこかで聞いたことがあったわたしは、祖父にそれをお願いすることができませんでした。わたし自身が、母と一緒に祖父の家で暮らすようになってそうたたない頃のことです。祖父は優しいひとでしたけれど、そのひとに甘えることにまだ慣れていいませんでした。遠慮もありました。祖父はけっして裕福な暮らしをしてはいなかったのです。やがて病《やまい》に倒れた母が、いつも祖父に感謝していた、愛があるからこそ遠慮もしていた、いつもそれを見てもいましたから。

いい出せないうちに、ある寒い冬の日、トラジャはわたしをじいっと見つめ、長いこと見つめて、それきりいなくなりました。

それがちょうどこんな寒い日、空が銀色に光る、冬の曇り空の日だったのです。

「空も海も、銀色だったなあ」

小さなわたしはトラジャを捜《さが》して、港の方までも行きました。波止場《はとば》で見る海の波は空の色と同じに、でもそれよりも鈍《にぶ》い銀に輝いていて、かもめが何羽も空を舞っていました。冷たい風が耳たぶをなぶるように吹きすぎました。

沖をゆっくりと外国に行く船が遠ざかっていて、わたしは猫はどこかに行ってしまったのだと悟りました。わたしにお別れを告げて、そうして去って行ったのだと。

トラジャとはもう会えないのだと。

子どもには時として、理屈などなしに真実が見えることがあるものです。どこかに消えたトラジャは、もう帰ってくることはありませんでした。

しばらくはトラジャのことを思い出すたび、悲しくなっていました。戻ってくるのを待ち、近所を捜す日が続きました。けれど、この街に馴染《なじ》むうち、人間の友達ができるうちに、やがてその悲しみも忘れました。——いつか、トラジャとの思い出も。

その悲しさをずっと覚えているほどには、わたしは小さすぎたし、あの猫と友達だった日々はほんのわずかな時間で。

そうして子どもの時間は忙しく、一日一日が濃厚な発見と出会いの連続で、ただひたすらに未来へと向かっていて。——太ったあたたかな猫を抱いた記憶も、トラジャと暮らしたい、家を与えてあげたい、と願ったことも、あの頃感じていた孤独も、わたしはいつか時の彼方《かなた》に置き去りにしてしまっていたのでした。

あれから二十数年もたち、よく似た猫を見るようになるまで、忘れていました。

十年を二つ以上も重ねれば、もうあれは遠い昔のこと。わたしの前から消えた猫は、きっともう何年も前に、どこかでとうに亡くなってしまったことでしょう。

おとなになったわたしは、それがちゃんとわかっていて、でも胸の奥のどこかでは、トラジャはいまも世界のどこかに生きていてくれるような気がするのです。——いいえいっそ、最近店の周りで暮らしているあの猫、あれこそがあの日のトラジャなのではないか、と。

「ありえないのにね」

わたしはくすりと笑いました。そんなに長生きの猫はいないでしょう。

ふと目についた銀のシュガーポットを手に取り、布で磨《みが》きながら、言葉を続けました。

「……猫が魔法を使えたりでもしない限りは、あの猫がいまわたしのそばに戻ってくることはないのにね」

もしも戻ってきてくれたのなら、いまのわたしなら、トラジャと一緒に暮らせるのに。

かすかな心の痛みとともにそう思ったとき、

「いやいやマスター、猫という生き物は時として、魔法を使うものですよ。特に愛する誰《だれ》かのためならば、ね」

ベルの音が鳴り、ドアが開きました。

氷のように冷たい風と一緒に入ってきたのは、この冬、クリスマスの頃からお店にいらっしゃるようになったお客様。ご高齢でいらっしゃるようなのに、そしておなかまわりが豊かでいらっしゃるのに、身のこなしはかろやかで、ステップでも踏《ふ》むような華麗な足どりで、こちらへと歩み寄ってきます。

衿《えり》と裾《すそ》に毛皮のついた長いマントを羽織《はお》り、茶色いボーダーのカットソーと革のズボンにブーツという姿はどこか海賊《かいぞく》のよう。

いいえ、そもそも時折楽しげにきらりと光る不敵なまなざしが、物語に出てくる元冒険者の海賊、世界を股《また》にかけて冒険してきた過去を持つひとのように思えるのかもしれません。

お客様はふわりとカウンター席に腰を下ろすと、わたしに笑いかけました。

「ラム酒入りの紅茶を一つ。あまり熱くない程度に、なるべく熱めで頼みますよ」

指先でひげをなでつける、お客様は少しだけ猫舌なのだそうです。

「わかりました」

わたしは笑顔でうなずくと、カップとポットをあたためる準備をはじめました。そう、帆船と海の模様《もよう》のカップでお出ししましょうか。謎《なぞ》めいた海図もあしらわれたそのカップなら、このお客様の雰囲気《ふんいき》と似合いそうです。

お客様がご自分で話しはじめない限りは、わたしはそのひとの素性や職業を聞くことはありません。なので正体不明のこのお客様がどんな方で、どこに住み、どんなお仕事や暮らしをなさっているのか、わたしはまるで知りませんでした。

ただひょっとしたら、何か芸術関係のお仕事をなさっているのかな、と想像することがあります。いつもマントの胸元に、大きなスケッチブックを抱《かか》えていらっしゃるからでした。

古びたスケッチブックには、上手な絵が描かれていました。わたしは自分もいくらか絵を描くので、そのひとのセンスの良さがわかりました。もっというと、その絵に表れている、その方のおっとりとした性格の良さや、繊細な優しさが好きでした。

そうしてそのひとは、とても話し上手でした。いらっしゃるたびに、いつだったかどこかで聞いたという物語を、スケッチブックをめくりながらわたしに話してくださるのです。まるでわたしのためだけに紙芝居を演じるように。

潮《しお》に灼《や》けたようにしゃがれた、でもあたたかくて柔らかな声で。うたうように。

その声と話し方はどこか亡くなった祖父のそれに似ていました。似ているのは年格好くらい、穏やかだった祖父と、雰囲気《ふんいき》はまるで違うのに。そう、たまにそのひとのまなざしによぎる、懐かしそうにこちらを見るその表情が、思い出の中にある祖父の

それと似て感じられるからかもしれません。

お客様は、まるでわたしのことを昔から知っているというように、長年付き合いがある年が離れた大切な友人だとでもいうように、いつもふと気がつくとじんわりと優しい目でわたしのことを見ているのでした。

「マスター。今日は猫の魔法使いの話を聞きたくはないかい？」

「猫が、魔法使いなんですか？」

「ああ。ある小さな勇気ある魔法使いの物語さ。いつだったかの夏、通りすがりの街で聞いた、少しばかり不思議な物語なんだけどね」

そう、そんなふうにいつもそのひとは物語をはじめるのでした。

猫がお好きでいらっしゃるそうで、話すのはいつも、決まって猫の物語。

この冬、わたしがトラジャのことを思い出したのは、この方から聞いた猫の話のせいもあるのかもしれません。

噂《うわさ》話、聞いた話といいながら、そのお客様の語る猫の話はどれも物語めいていて。その方が考えたお話なのかなと思うこともありました。

ではもしかして、この方のお仕事は、作家でいらっしゃるのでしょうか？

お客様は、スケッチブックを開きました。

そこには鉛筆と淡い透明水彩で、小さな黒い子猫と、女の子、若いお母さんが楽しそうに肩を寄せ合っている姿が描かれていました。お母さんもスケッチブックを広げています。絵を描くひとなのでしょうか。

お客様は、穏やかな声で語りはじめました。

「――それはある夏の日のことでした。ある街の小さな公園に、段ボール箱に入った子猫たちが捨てられていたのです」

わたしはラム酒入りの紅茶をそっと用意しながら、お客様の語る物語に耳を傾けました。

‡

黒猫のクロコは、まだ子猫のときに、捨てられていた猫でした。

生まれた家のことはよくおぼえていません。ただ、お母さん猫の胸があたたかくて、ミルクのいい匂いがしたことや、きょうだい猫たちがそばでみいみいと鳴いていた声をおぼえています。お母さん猫はクロコときょうだい猫たちを柔らかな胸元に抱いてくれ、優しくなめてくれました。

クロコときょうだい猫たちは、お母さん猫に見守られながら、すくすくと育っていきました。毎日美味しいご飯を食べて、きょうだいたちと遊んで。幸せな日々でした。けれど、ある日、クロコは、きょうだい猫と一緒に箱に入れられて、公園に捨てられました。

それは暑い夏の日のことでした。ガムテープで封をされた段ボールの中で、小さな子猫たちは暑くて、のどが渇《かわ》いて、おなかもすいて、鳴きました。オカアサン、と、みんなで鳴きました。怖くて、苦しくて、鳴きました。

でもどんなに鳴いても、お母さん猫は来てくれません。そのうちに、きょうだい猫たちは力つきて、鳴かなくなりました。動かなくなりました。

そうして、みんな死んでいきました。

クロコは悲しくて、オカアサン、とせいいっぱいの声で鳴きました。

ぼーっとしてきて、何も考えられない頭で、クロコはただ、外に出たいと思いました。

段ボールのふた。押してもひっかいても開かないふた。あれが開けばいいのに。外へ出たい。こんな暗くてむし暑いところじゃなくて、涼しくて気持ちいいところに行きたい。明るい、風の吹くところに行きたい。

息が苦しい。外へ出たい。水が飲みたい。ミルクがほしい。オカアサン。

アケテ。ダレカ、アケテ。

強く願ったとき、小さな頭がずきんと痛みました。

その瞬間、ぱりっと音がして、箱のふたに貼《は》られていたガムテープが、誰もさわっていないのに、自分で裂《さ》けたのです。

まるで魔法の力が働いたように。見えない手が、テープを破り、段ボール箱のふたを開けたように。

箱の隙間《すきま》から、夏の空の色が見えました。


それからどれくらいたったのでしょう。

上からいっぱいに光が射しこみました。

涼しい風と一緒に、優しい声が、ふうっと吹きこみました。

「ああ、やっぱり子猫だ。まあ、かわいそうに。暑くて、苦しかったでしょうに」

声は涙ぐんでいました。白く柔らかな手が、明るい光の中へとクロコを抱き上げました。その手はミルクの香りがしました。

「ママ」と、そのときそばで、小さな声が聞こえました。

「子猫ちゃん、かわいいね。とってもとっても、かわいいねえ」

「ミィちゃん、水筒のお水をちょうだい。子猫ちゃん、きっとのどが渇いてるから」

真夏の、真っ白い光がいっぱいの公園で、クロコの目には、ふたりの姿がよく見えませんでした。でも、抱き上げ、なでてくれたママの手と、てのひらに冷たい水をついで、そっと飲ませてくれた、ミィちゃんの手の匂いはそのあともずっとおぼえていました。

ママとミィちゃん。どちらの手も、ミルクの甘い匂いがしました。

なつかしい匂いでした。

その日から、クロコは、ママとミィちゃんの家の猫になったのです。

クロコという素敵な名前も、ふたりが付けてくれました。

ママは子どもの本の挿絵《さしえ》を描く仕事をしています。パパはいなくて、古い小さなアパートで、ミィちゃんとふたりで暮らしていました。

出会ったあの夏の日には小さかったミィちゃんも、三年たったいまでは、小学校の一年生。クロコと一緒に大きくなりました。

猫は人間より成長が速いので、先におとなになったクロコは、ときどき、ミィちゃんが自分の小さな妹か、子猫みたいな気がして、かわいくてたまりませんでした。

ミィちゃんもクロコが大好きで、ふたりはいつも一緒でした。

そしてクロコは、ママのことも大好きでした。明るい声で笑う、いつも抱き上げて抱きしめてくれるママが好きでした。

ママはよく、クロコとミィちゃんにいいます。

「ふたりはママの宝物よ。家族がいるから、ママがんばれるの。大好きよ、ふたりとも」

そんなとき、クロコは、猫の言葉で、ワタシモヨ、オカアサン、と鳴いたのでした。


ある夏の日のことでした。

ママは部屋にミィちゃんとクロコを残して、遠くの街に、お仕事の打ち合わせに出かけてゆきました。おみやげ買ってくるわね、と手を振って。

ミィちゃんは夏休み。クロコと一緒にお昼寝をしたり、お絵描きしたり、ＤＶＤを見たりしていました。

と、急にクーラーが壊れたのです。

それはアパートと同じくらいに古いクーラーでした。

外がいちばん暑い時間のことでした。

しめきった日当たりのよい部屋は、どんどん暑くなっていきました。クロコとミィちゃんは暑い部屋の中で、じっとがまんしていました。そのうちにママが帰ってくる。そうしたら、ママはきっとすぐに部屋を涼しくしてくれます。

でも、ママはなかなか帰ってきません。

「クロコ、お外でママを待っていようか」

ミィちゃんは立ち上がりました。玄関のドアを開けようとしました。

でも、ドアは開きませんでした。

古い鉄のドアは少しゆがんでついていて、ときどき開かなくなるのです。ママがいたら、蹴飛《けと》ばして開けてくれるのですが。

ミィちゃんは、ドアをあきらめて、窓を開けようとしました。でも開きません。

どろぼうが入ってこないようにと、ママが窓につけた道具が、一年生だけれどまだ小さくて、指に力がないミィちゃんにははずせないのです。

「クロコ、クロコ、暑いよう」

ミィちゃんは背中を丸くして、床にしゃがんで泣き出しました。

小さな細い声を聞いているうちに、クロコは、昔、公園に捨てられていたときのことを思い出しました。暑くて息苦しかった、あの暗い箱の中。きょうだい猫は、少しずつ鳴かなくなって。動かなくなっていって。

みんな、死んでしまって……。

このままでは、ミィちゃんも死んでしまうかもしれない。

「クロコ、暑いよう……」

小さな声は細く、力がなくなっていきます。

クロコは、玄関のドアを見つめました。

きっとにらみつけました。

猫の力では開けられないドア。ぶつかってもひっかいても開かないとわかっている、あの鉄のドア。

あのドアが開けばいいのに。

そうしたら、涼しいところに行けるのに。

アケテ。ダレカ、アケテ。

強く願ったとき、頭がずきん、と痛みました。

すると、その瞬間、ばんと音がして、重いドアが開いたのです。

あの日と同じ魔法の力が、もう一度、働いたのでした。

涼しい風が吹き抜けて、ミィちゃんは喜びました。泣くのをやめて、よかったよかった、涼しいよ、とその場でジャンプしました。

でもクロコはその場にうずくまったまま、立ち上がれませんでした。

ミィちゃんが心配そうにいいました。

「クロコ、鼻血でてるよ、だいじょうぶ？」

クロコは自分に不思議な力があることに気づきました。本気で願えば、〈開ける〉

ことができるのです。でもその力を使うと、頭がとても痛くなってしまうのでした。だけど、いままでふつうの猫だったクロコにとって、その力はとても楽しくて、素敵なものでした。

たとえば、ママが手に荷物をいっぱい持って、お買い物から帰ってきたとき、あの、開きにくい玄関のドアを、ママが蹴飛ばす前に、開けてあげることができます。

不思議そうに首をかしげながら、部屋に入ってくるママの顔を見るのは楽しいことでした。

ミィちゃんがイチゴジャムの瓶を開けようとして、開けられないでいるときに、くるん、と、開けてあげるのも楽しいことでした。

ある日、スケッチブックに絵を描いていたママが、クロコを呼んでいいました。

「この絵のモデルはね、クロコなのよ」

頭にとんがり帽子をかぶり、背中におしゃれなマントを広げて、得意そうに笑う黒猫の絵がそこにありました。

「絵本を描くつもりなの。誰かの書いたお話のための挿絵じゃなく、ママの絵本を作るの。大好きなことや素敵なことをいっぱいつめこんだ絵本にするの。

この黒猫はね、絵本の主役。猫の魔法使いで、みんなを幸せにする魔法を使うの。

とってもかっこよくてね。優しくて、そして強いの。

ね、なかなかよく描けてるでしょ?」

クロコは、そっとのどを鳴らしました。

ミンナヲ、シアワセニスル魔法。ステキナ言葉。

自分は「猫の魔法使い」なんだ、と思いました。

どんなに頭が痛くなっても、鼻血が出たりしても、大好きなママとミィちゃんのために、これからも魔法を使うんだ、と思いました。


冬のある日、日曜日の午後。

ママが近所にお買い物に出ている間に、地震がありました。

とても大きな地震だったので、古いアパートは倒れ、崩れてしまいました。

ふたりでお留守番をしていたミィちゃんとクロコは、倒れてきた家具や、壊れて砕けた壁《かべ》のかけらにうずもれて、部屋の外に出られなくなりました。

地震が起きる、ほんの数分前までは、楽しい冬休みでした。ミィちゃんはこたつで本を読み、クロコはそのそばで、こたつ布団の上に丸くなってうたた寝をしていたのです。

なのに、気がつけば、埃が煙《けむり》のようにたちこめる、真っ暗な息苦しい部屋に、クロコとミィちゃんは閉じこめられていたのです。

床と倒れた本棚の隙間にいるミィちゃんは、すり傷だけで無事なようでした。うずくまったまま、咳こみながら、ママを呼んで泣いています。

クロコはいろんなものの下敷きになっていて、少しも動くことができませんでした。からだのあちこちが痛くて、息が苦しくて、ときどき頭がぼーっとしました。

でも、ミィちゃんがそばに来たので、手をなめてあげました。ほんとうはそばに寄り添って、心配しないで、泣かないで、と、からだをこすりつけてあげたかったのですが、やっと頭を上げ口を開けて、舌先を動かすことしかできませんでした。

クロコは動かしづらい首で、あたりを見回しました。崩れかけ、光が射さない暗い部屋の中でも、猫の目ならあたりをうかがうことができます。長いひげと濡《ぬ》れた鼻は、わずかな空気の動きをとらえることができます。

どこか外に出られるところ。ミィちゃんがここから出られるところ——。

だめでした。どう探っても、外に出るための道はありそうにないのです。

クロコはうなり声を上げました。

このからだが動いたら。自由になるものなら。鋭い爪で家具をひっかき、崩れかけた壁にぶつかって穴を開け、ミィちゃんを外に出すことができるかもしれないものを。


そのうちミィちゃんは泣き疲れて、クロコのそばで、丸くなって眠ってしまいました。クロコにはやっと伸ばした頭と首だけを小さなからだのそばに寄り添わせて、あたためてあげることしかできませんでした。

暖房の止まった部屋の中は冷えてゆき、息が白くなりました。

と、クロコの尖《とが》った黒い耳は、外で呼ぶ声を聞きました。

ママの声です。泣きそうな声で、一生懸命に、クロコとミィちゃんを呼んでいます。

近所のひとの声がしました。

「かわいそうだけど、これでは、ミィちゃんは生きてはいないだろう。火事が来るよ。さあ、生きてるあんただけでも逃げなさい」

クロコの鼻は火の匂いをかぎました。

ものが焦げる嫌な匂いがします。火が何かたくさんのものを燃やしている音がします。遠くから、炎が近づいてきているのがわかりました。

大変です。ミィちゃんもクロコも、ここから出ることができないのに、なんてこと。

ミィちゃんは疲れ果てたのか、目を覚ましません。クロコが精一杯首を伸ばしてその手をかんでも、埃だらけの床の上で、ぎゅっと目を閉じて、眠っています。

ココニイルノヨ。

クロコは猫の声で叫びました。

外に向かって。

イカナイデ。

ミィチャンガ、ココニ、イルノ。

マダ、生キテ、イルノ。

クロコは、自分とミィちゃんの上に覆《おお》いかぶさっている壁や家具をにらみました。

せまい、暗い、こんな場所は嫌いだと思いました。

外に出たい。

なによりも、ミィちゃんを外に出してあげたい。

絶対に、出してあげたい。

アケテ。ダレカ、アケテ。

クロコは願いました。

猫の魔法使いとして、ミンナヲシアワセニスル魔法を使うんだ、と思いました。

アケテ。


アパートの外に集まっていた街のひとたちは、そのとき、倒れかけた古いアパートの壁の一部が、弾《はじ》かれたように急に動いて崩れたのに驚きました。

空に向かって、まるでふたが開いたように、小さな窓が開いたようにできあがった隙間――そこから中をのぞくと、小さな女の子がひとり、すやすやと眠っている姿が見えました。

そしてその横には、黒猫が一匹、どこか得意そうな笑みを口元に浮かべて、死んでいたのでした。

‡

「おしまい」と、お客様はいいました。

そのひとが手にしたスケッチブックには、横たわる黒猫の姿が描かれていました。猫は柔らかい表情をして目を閉じていました。笑うような口元をして。優しい夢を見るような、穏やかな顔をして。

お客様はぱたりとスケッチブックを閉じました。白い紙に描かれた黒猫の姿が、ふわりと動き、舞い上がったように見えました。

窓から明るい日が射しました。

金色の日差しに目を上げると、雲間から光の矢が何本も地上に降りてきていました。天上へと昇る光の梯子《はしご》——まるで、誰も知らない小さな英雄を迎えに降りてきた、空への階段のような、それはそんな光に見えました。

ふわにゃんの魔法

トロイメライ

カラメルティー

気がつくと窓の外に、ふわふわと雪が舞っていました。

昼下がりの空は曇《くも》ってはいても、明るい光をはらんだようなまぶしさを隠していて、そこからはらはらと大きな花が落ちてくるように、雪が落ちてくるのでした。

一月の終わり。真冬の空気はこうして店の中にいても冷たいけれど、どこか春が近いことを感じさせるような、優しい雪だなあと思いました。

軽い小さな足音が窓の向こうに近づいてきて、遠ざかってゆきました。

何気なく窓越《ご》しにそちらを見ると、小さな女の子が、雪でできたようなふわふわの白いぬいぐるみを抱いて、楽しそうに駆《か》けていきます。

真新しく見える、大きなぬいぐるみは、あれは猫なのかしら。この冬のクリスマスにサンタクロースからもらったばかりのものなのかもしれません。赤いコートのその腕にぎゅっと抱きしめていました。

自動ピアノが静かに、「子どもの情景」を奏《かな》で始めました。「トロイメライ」。甘くて少しだけ切ない、懐かしいメロディ。いま降る雪の速さのような、そんなゆるやかな速度の曲。

「ああ、わたしにも、あんな時代があったなあ。ぬいぐるみやおもちゃが、いちばんの友達で、宝物だった頃」

寝るときはいつも一緒。布団《ふとん》の中で今日あったことを話したり。家族にもいえないような、ささやかな友達関係の悩みを、涙ぐみながら打ちあけたり。

これはぬいぐるみ、魂《たましい》なんかないとわかっているつもりでも、わたしの声を聞いていてくれるような気がしていました。ビーズやガラスの目を通して、わたしのことを見守っていてくれるような。

いつのまにか、ぬいぐるみがいちばんの友達だった時期も終わり、もう悩み事を話すことはなくなって。けれど小さな頃の友人たちはいまもわたしのそばにいます。

本棚《ほんだな》の上や、ベッドの枕元の棚で、昔よりはずいぶん古びた毛並みになっていても、変わらずに澄んだ瞳で、じっとわたしのことを見守ってくれているのでした。

「古いおもちゃには、魂が宿っているような気がするなあ」

カウンターに置いている、木や陶器でできた、飾り物の小さな人形たちを手にとり磨《みが》いてやりながら、わたしは微笑《ほほえ》みました。天使の形をした人形や、ピエロにうさぎに、ほら猫も。気がつけば、とくに猫はたくさんいます。こうやって大切にして、そばに置いていれば、そんな奇跡も起こるような気がします。

「ああ、そりゃないことじゃあないねえ」

少ししわがれた、上機嫌《じょうきげん》な声が響きました。

目を上げると、目の前のカウンター席に、いつのまにやらあの旅人風のお客様が座っていて、そこにあった花瓶《かびん》の花をつまみ、匂いをかぐようにしていました。今日入れた花は雪柳《ゆきやなぎ》。白い花があふれるように咲き、甘い香りをさせていました。

「人間が――子どもがかわいがっているおもちゃには、よく魂が入るらしいよ。特に猫の形とかしているとね。なぜって、猫ってのは特別な生き物だからね。形そのものがまずは奇跡で魔法なのさ」

いつのまに、と、思わず口が動くと、お客様はふふんというように笑いました。

まったく神出鬼没《しんしゅつきぼつ》のお客様です。――一抱《かか》えほども入れていた花瓶の花が大きかったから、その陰《かげ》に隠れて見えなかったのでしょうか？　それにしても、それこそ魔法みたいだと思いました。うちの店はドアにベルがついているのに、その音を聞いた記憶もありません。店に入ってくる足音もしませんでした。

　まるで猫みたいな……と思ったとき、お客様は片目をつぶって、

「今日はカラメルティーをお願いできるかな？　あまり熱くない感じでね」

　そして長い足を組み直すようにすると、古いスケッチブックのページを広げ、ぱらぱらとめくり始めました。

「そういう話をどこかで聞いたことがあったんだけどな……あれはどこの街で聞いたんだったかな。ふたりの女の子とぬいぐるみのお話で……あったあった、これだ」

　ぱらりと広げたページには、こちらを向いて手をつないでいる、おそろいのワンピースを着た、ふたりの女の子の絵が描いてありました。

　面立《おもだ》ちが似ているのは、姉妹だからなのでしょうか。それでも表情は違います。

　背が高い方の女の子は、きまじめな、賢そうな目元と口元をしています。小さな子の方は思わず見とれてしまうような、愛らしい笑顔で、腕の中に大きなふわふわの白い猫のぬいぐるみを抱きしめていました。

「この物語にタイトルをつけるとするなら……そう、『ふわにゃんの魔法』という感じになるのかなあ。絵本かおとぎ話みたいな、かわいらしいお話だよ」

そうして静かな微笑みを浮かべて、お客様は、優しい声で語り始めたのでした。

‡

大切にされている人形やぬいぐるみには、時として不思議な魔法の力が働いて、魂を持つことがあるといいます。——特に猫の形をしたぬいぐるみには。

このお話は、そんなふうにして魂を持つようになった、あるぬいぐるみと、ふたりの女の子のお話です。

あるところに、仲良しの姉妹がいました。四歳違いのきょうだいです。

名前は、はるかとちひろ。はるかがお姉さんです。

はるかは、妹のことがかわいくてたまりませんでした。学校に行くのはいつも一緒。遊ぶときも一緒。同じ部屋で眠って、同じ部屋で起きて、おはようをいう毎日でした。

学校でちひろがいじめられでもしたら、怖い顔をして、いじめっ子をやっつけにいきました。背が高くて成績がよくて、学校の友達からも先生たちからも好かれているはるかです。ふだんは笑顔の優等生なので、本気で怒るといじめっ子たちも逃げていきました。

でも、ほんとは、はるかはどちらかというと恐がりで、優しい性格の女の子でした。妹がかわいいから、一生懸命、がんばっていただけなのです。

上級生の背が高い男の子たちに文句をいいにいったときは、握りしめた手が震えていました。声だってあと少しで震え出しそうで、でも、うしろにかばったちひろが泣いていたから、そこから逃げ出せなかっただけでした。

他の子たちがその場に集まってきたので、きまりが悪くなったのか、上級生たちがつまらなそうに背中を向けてくれたとき、ほんとうにほっとしました。でも、背中にすがって、「ありがとう、お姉ちゃん」と小さな声でいった妹の声を聞いたとき、はるかは、逃げなくてよかった、と思いました。

そして何度でも、この子のためにがんばろう、と思ったのでした。

だってわたしは、お姉さんなんだから。

四歳のときに妹が生まれて、病院で生まれたての小さなちひろに初めて会ったとき、はるかは妹があんまりふわふわであたたかくてびっくりしました。目をつぶって寝ている顔とぎゅっと握った手がかわいくて、いつまでも見ていたいと思いました。その日、まだ幼なかった自分が、どきどきした気持ちを、いまもはるかは忘れていません。この子が自分の妹なんだと思ったときの気持ちを。今日からわたしはお姉さんになったんだ、と思った、誇らしい気持ちを。

はるかは自分がお母さんに甘えたいときでも、ちひろがお母さんのひざの上にいたら、そっとそばをはなれます。

おやつに美味《おい》しいクッキーがでたとき、最後の一枚は、ちひろにゆずります。

面白い漫画も、ちひろが読みたそうにしていたら、先に読ませてあげます。

だって自分はお姉さんなんですから。

それでも、はるかだってまだ小学生です。

ときどきはちょっとだけ辛《つら》いことも、ちょっとだけ寂しいこともあります。

けれど、ちひろが、お姉ちゃん、といって小さな手を伸ばしてぎゅっと抱きついてきたり、背伸びして耳元でないしょの話をささやいてくれるとき、くすぐったくて笑いながら、はるかは、ちひろが妹でよかった、と思っていました。

ある年の冬のことでした。近所のおもちゃ屋さんのショーウインドウで、はるかは、一匹の猫のぬいぐるみを見つけました。

ふわふわの雪みたいな白い毛の、ペルシャ猫のぬいぐるみ。目は青いガラスで、じいっとはるかのことを見つめているようでした。はっきりと目が合ったのです。

はるかは、一目でこの子がほしいと思いました。このぬいぐるみがそばにいれば、嬉《うれ》しいことがあったときは百倍嬉しくなりそうだし、悲しいことがあったときは、悲しみが百分の一に小さくなるような気がしました。

少しだけ高いぬいぐるみでした。でも、ちょうどクリスマスが近づいていました。お父さんとお母さんに話したら、買ってくれそうな気がしました。少し前に、二学期の成績がよかったら、なんでも買ってあげようね、といわれていて、はるかはちゃんとがんばっていい成績を上げていたのでした。

けれど、その夕方。はるかは、ちひろが、同じ猫のぬいぐるみのことを、お母さんに話しているのを聞いてしまったのです。

「雪みたいにふわふわで、かわいいかわいい猫のぬいぐるみなの。おめめが青くて綺《き》麗《れい》なの。サンタさんにお願いしたら、あの猫はうちにきてくれるかなあ?」

お母さんは、笑顔でうなずいていました。

小さなちひろは、まだサンタクロースからプレゼントをもらっていました。あの猫はこの子への贈り物にふさわしいから、きっと今年、クリスマスの朝に、ちひろの枕元に置いてあることでしょう。

はるかは、胸がきゅっと痛くなりました。

でも、がまんして、そっと笑いました。

「あの猫がうちにきてくれるなら、べつにわたしのじゃなくてもいいんだ。ちひろなら、きっとかわいがってくれるし。だからいいや」

そうして、その年のクリスマスに、ふわふわのペルシャ猫のぬいぐるみは、ふたりの家にやってきたのでした。

ふわふわの猫なので、ちひろは、ふわにゃんと名前をつけました。

ちひろはそのぬいぐるみをかわいがりました。家にいるときは、いつもだっこしているか、自分のそばに置いていました。とても幸せそうでした。ちひろも、そしてふわにゃんも、幸せそうに見えたのです。

だから、はるかは、「よかったな」と思いました。少し寂しかったけれど、そう思いました。

一度だけ、ちひろが寝ているときに、枕元に置いてあったふわにゃんを、そうっと抱き上げて、だっこしてみたことがあります。

ふわにゃんは想像していたとおりにふわふわでした。長い白い毛並みはさわるとすべすべで、少しひんやりとしました。

青いガラスの目はきらきらと、はるかを見つめてくれました。宝石のように綺麗で、透明なまなざしでした。はるかはちょっとだけ泣きました。ふわにゃんを強く抱きしめて、そっとちひろの枕元に戻しました。

それきり、もう自分から、そのぬいぐるみにさわることはありませんでした。

それから少しだけ、時が流れました。

はるかは、高校から遠くの都会にある学校に行くことになりました。賢いはるかはとてもレベルの高い高校の入学試験に見事合格したのです。

ちひろは、両親やふわにゃんと一緒に、玄関に立って、遠くに行くはるかを見送りました。はるかは笑顔で手を振って、「行ってきます」と家を出てゆきました。

そしてちひろはその夜、ひとりきりになった子ども部屋で、ふわにゃんに話したのです。

「お姉ちゃん、ひとりで下宿するんだって。ひとりのお部屋で暮らすんだって。だいじょうぶかな。寂しくないのかな」

はるかがしっかりしていることは知っています。勉強もとてもできるから、高校で困ることもないでしょう。友達だってすぐにできるでしょう。

「でも、寂しいよね……」

知らない街で、ひとりきりなのです。ちひろならきっと一日だって耐えきれません。いつもそばにいたはるかがいなくなって、家の中は広く、がらんとして見えました。子ども部屋は静かで、知らない家にいるみたいです。

「やっぱり、お姉ちゃんに、ふわにゃんを、あげればよかった……」

大切な一言をいいそびれたまま、別れてしまったのでした。

ふわにゃんはちひろには、不思議なぬいぐるみのように思えます。魔法が使えそうな気がするのです。ふわにゃんがそばにいれば、嬉しいことが百倍嬉しくなるような気がするし、悲しいときには悲しみが百分の一に小さくなるような気がします。

「ふわにゃんがそばにいれば、きっと、お姉ちゃんは寂しくないよね？」

ちひろはそう思って、家を出るはるかに、何度か、ふわにゃんをあげるよ、といおうとしました。でもそのたびにためらっていい出せませんでした。なぜって、ふわにゃんは、小さい頃からのちひろの大切な友達だったからです。

「でも、大切だからこそ、あげなくちゃいけなかったんだ」

いま、ひとりきりの子ども部屋で、やっと決心がつきました。

でもはるかは、今朝、家を出て行ったのです。

いなくなってから決心したって遅すぎます。

なんでもっと早く決心できなかったんだろう。こんなに時間がかかったんだろう。

「わたしは、ばかだから。もう六年生なのに、ばかだから」

ちひろは泣きました。うつむいて、ふわにゃんを抱きしめて、泣きました。

小さい頃から思っていました。自分はあのお姉ちゃんの妹なのに、どうして似ていないんだろう。ばかで泣き虫で、恐がりで。いいところなんてぜんぜんない。

昔からはるかはちひろのことをかわいい女の子だといってくれます。楽しくて明るくていつも笑っているから大好きだって。ええ、ちひろはいつも笑っています。だって生きているって楽しいことばかりだし、毎日何かしら素敵なことがある。家族も友達も大好きです。この街も世界も、地球も宇宙も大好きです。

でもちひろは自分がそうなのは、単純で頭が悪いからじゃないかと思うこともありました。実際小さい頃から学校で、なにかと笑われてばかにされてきていたのです。

それでいつもお姉ちゃんに助けてもらって。背中に隠れて泣いて。でもそのお姉ちゃんはひとりで旅立ったのです。——だから、ちひろもしっかりしなくては。

「でもできるかなあ？　わたしお姉ちゃんなしでも生きていけるのかなあ？　こんなにだめな子なのに。お姉ちゃんはあんなに賢くて、勇気があって、強いひとなのに」

そのうち泣き疲れて、ふわにゃんを抱きしめたまま、眠ってしまいました。どうしてこの子を渡さなかったんだろう、と、何度も何度も悔やみながら。

そしてまた、いくらかの年月が流れました。

高校を卒業したはるかが、久しぶりに家に戻ってきました。

大学も遠くの街の大学に合格したので、わずかな間の帰宅でした。

はるかの夢は外国の、小学校の先生になることでした。平和でなかったり、いろんな事情で貧しかったりする国の子どもたちに科学や物理の基礎を教える先生になりたいと話すはるかを、ちひろはすごいなあと思いました。

「わたし、あいかわらず勉強できないんだよ。特に理系の科目は全然だめ。同じきょうだいなのに、なんで頭のなかみは似てないのかな」

大変な場所で生きている子どもたちのために、どこか遠い国に旅立つなんて、そんな勇気がいりそうなこと、ちひろには、たぶんできません。頭のよさもたりません。

ちひろだって、そういう子どもたちの力になれたらと思います。お姉ちゃんみたいになれたら。――でも。

けれど、はるかは笑っていいました。

「わたしは、ちひろみたいにかわいくて優しい女の子にうまれたかったなあ」

自分はかわいくも優しくもない、ただのばかな女の子なのに、お姉ちゃんはなんでそんなことをいうんだろう、とちひろは思いました。

あれからちひろは少しだけ強くなったつもりでした。ひとりきりの子ども部屋で眠ることにも慣れました。高校では同じノリで日々幸せに生きている友人たちとの出会いもあって、毎日かわいいものを探したり、綺麗なものを見つけたりして楽しんでいます。そういったものの写真をネットに投稿するうちに、日本中に、いや世界中に友達ができたりして、ああやっぱり生きてるって楽しい、世界も宇宙も大好きだ、なんてそれは小学生の頃と変わらずに思っているのでした。

ふたりは夜遅くまで、子ども部屋で話しこみました。いまはちひろひとりで使っている部屋に、はるかのお布団を運んできて、昔と同じに、並べて敷きました。パジャマの上にカーディガンやはんてんを羽織《はお》って、お菓子を食べて紅茶を飲んで、子どもの頃のように、ずっとずっとおしゃべりをしたのです。

懐かしい話をたくさんしました。たくさん笑って、少しだけ泣いて。

時間を忘れて話し続けるうちに、やがて真夜中になりました。

窓の外に丸い月が見えてきた頃、ちひろは、ふと、いいました。

「もう、三年前になるのかな。こんな夜に、ふわにゃんがいなくなったんだ」

「ふわにゃん？　あ、猫のぬいぐるみ？」

「うん」

ちひろはうなずき、そしてためらうようにしてからいいました。

「そのう、どうも旅に出たみたいなんだよね……」


はるかが家を出たあの夜、ちひろは不思議な夢を見ました。

猫のぬいぐるみのふわにゃんが、いってきます、と旅立つという夢です。

真夜中のことです。

部屋のカーテンの隙間《すきま》から、月光が静かに入ってきました。その光が枕元に置いていたふわにゃんにあたると、ふわにゃんはふるふると毛を震わせ、すうっと立ち上がったのです。

ぬいぐるみは、眠っているちひろの顔を青い目で見つめ、ほほをすりよせると、

『いってきます』

と、いいました。

『わたし、はるかちゃんのところにいってくるね』

そうしてよいしょと子ども部屋の窓を開けて、ふわにゃんは旅立ったのです。

小さな胸をはり、遠い遠い街をめざして。

ふわにゃんには、はるかがどこにいるかわかるようでした。夢の中でちひろは、そうかふわにゃんは不思議なぬいぐるみだものねと思いました。

でも、ぬいぐるみの足で、それがどれくらいかかる道のりなのか、それはわからないようでした。それでも楽しげに、弾《はず》むような足どりで歩きはじめたのです。

朝起きて、気がつくと一緒に寝ていたはずのふわにゃんは、そばにいませんでした。そしてふわにゃんが、夢の中で開けたとおりに、窓が開いていたのです。

それきりぬいぐるみは家から消えました。どこを捜《さが》しても、見つからなかったのです。まるでほんとうに、ひとりでどこかに旅立ったように。


「こんな話すると、お姉ちゃん笑うかな？……笑う、よね？」

ちひろは、なんだか自分が小さな女の子のような気がして、恥ずかしくなりました。でなければ、やっぱり自分は、いくつになってもばかな女の子なんだと思いました。

あれ以来、ちひろはたまに、ふわにゃんの夢を見ました。

ペルシャ猫のぬいぐるみは、高速道路をはるばると歩いてゆきました。あるときは線路の横をゆき、またあるときは草原を歩き、知らない街を歩きながら、はるかが住む遠い都会をめざしていたのです。

「笑わないよ。だって」

はるかは微笑みました。

「だって、わたしもふわにゃんの夢を見ていたもの。ひとり旅するふわにゃんの夢。いつかわたしのところにくるかなって思ってた。待ってたの」

はるかの夢の中で、ぬいぐるみは、月の光を浴びながら、森の中を歩きました。うさぎやたぬきをびっくりさせながら、つんとすまして、通りすぎました。真夜中に防波堤の上を歩いていたときは、夜釣りをしていたおじさんにお化けとまちがえられて、失礼ね、とむっとしました。それから公園に捨てられていた子犬のそばに寝てあげて、その子が拾われるまで見守っていたりもしました。

優しそうなひとに子犬が拾われるまで見守って、そうしてまたぬいぐるみは歩きだしたのです。――はるかにあうために。

夢の中のことですもの、はるかにはそれがわかりました。

だから何度も夢を見て、笑ったりどきどきしたり切なくなったりしながら、はるかは待っていたのです。ぬいぐるみがやってくる日を。

ふたりは笑いました。互いの顔を見つめて、えーっと叫んで、笑いあいました。

ただの夢かもしれないけれど、きっとそうに決まってるけど、もしかして、ほんとうに、猫のぬいぐるみがひとりで旅していたのならいいな、と思いました。

ちひろは、ため息をつきました。

「ふわにゃん、どこに行っちゃったんだろう？　結局、お姉ちゃんのところにはたどりつかなかったんだよね？　いま、お姉ちゃんのそばにいればいいのにね。いつか、海の向こうの遠い国に行っても、そうしたらきっと寂しくないし、幸せにだってなれるのに」

「そうだね。もしふわにゃんがそばにいれば、嬉しいことが百倍嬉しくなるような気がするし、悲しいときには悲しみが百分の一に小さくなるような気がするよね、きっと」

「うん」ちひろはうなずきました。

「だって、ふわにゃんは不思議なぬいぐるみなんだもの」

「そうだったねえ」

「うん」

そのときでした。真夜中の、明るい月の光が射す窓辺に、かたりと音がして、小さな影が立ったのです。

窓を開けて入ってきたのは、すっかり汚れて古ぼけた、ペルシャ猫のぬいぐるみでした。

それだけは昔と変わらない、青いガラスの目を輝かせて、いいました。

『やっとあえた、はるかちゃん。まったくもう、長い長い旅になっちゃったわ』

ぬいぐるみの小さな足には、はるかの住む都会は世界の果てほどに遠い場所でした。何度も道に迷ったり、マンホールから下水道に落ちてしまったり、烏《からす》にさらわれてしまったりしたので、よけいに長い旅になったのです。

おまけにやっと目的の街についたときには、はるかはもう下宿にはいなかったのです。高校を卒業してしまっていたのでした。

見事にすれ違いになってしまったのです。

『帰りは長距離トラックと電車の屋根にこっそり乗ってきたの。だから速かったわ』

得意そうに、ふわにゃんはいいました。

そして、それからまた何年かの時が流れました。

遠い国で暮らすはるかから写真が届くごとに、ちひろはにっこりと微笑むのです。

その国で、子どもたちに、地球や宇宙のことを教えているはるかのそばには、白いふわふわの猫のぬいぐるみが、いつも必ず、あるからでした。

嬉しいことが百倍嬉しくなるような気がする魔法、悲しいときには、悲しみを百分の一に小さくしてくれるような気がする魔法——。

不思議で素敵なふわにゃんの魔法は、そういうわけでいまもずっと、はるかと、そしてちひろのそばにあるのです。

‡

「おしまい」

と、お客様はいいました。

まるでそこに白いふわふわの猫のぬいぐるみと、ふたりの女の子たちがいる、そんな優しい目をして。

自分の目にも、同じ情景が見えるような気持ちがして——わたしもたぶんそのひとと似たまなざしをして、微笑んだのでした。

カウンターに飾ってある、小さな猫の人形たちが、ちょっと得意そうに笑った、そんな気がしたのは、錯覚《さっかく》だったでしょうか。

踊る黒猫

Fly Me to the Moon

ホットミルク

今日はなぜだか、いまひとつお客様の入りがよくない日でした。こういう仕事をしていると、いささか魔法じみた法則のようなものがあって、商売になる日とならない日があるようだということがわかってきます。さして理由はないように思えても、お客様の群れが回遊してきてくれない日があるものです。そんな日は、店の前に盛り塩でもした方がいいのかな、なんて思ったりもします。

夜になり時間も遅くなり、閉店時刻も近づいてきた頃、わたしは肩を揺らし、軽く息をつくと、カウンターを出て、店の玄関の扉を開けました。

今朝あたりからどうも、ドアの締まりが悪い気がして、気になっていたのです。

内側から押し開いて、わたしは思わず、夜の空を見上げました。

眩《まぶ》しいほどの真冬の月が、空からわたしを見下ろし、煌々《こうこう》と照らしていたのです。

それは、恐ろしいほどに大きく綺麗《きれい》な月でした。

まるでどんな罪も見逃さないぞ、と、ちょうど神様のように大きな存在の誰《だれ》かの目が、地上を見下ろしているような、そんなふうにさえ思える光でした。

「……なんだか怖い月だなあ」

わたしは、つぶやきました。

今夜は人通りもないせいか、月の光の美しさが、余計に怖く思えます。

明るすぎる光が降りそそぐと、街に満ちる闇《やみ》の濃さをひときわ感じるものです。しんとした街角のそこここに、妖《あや》しいものたちが潜《ひそ》んでいるような気が、ふとしました。

高い音をたてて凍るように冷たい風が吹きすぎて、薄着のわたしは思わず両肩をこすりながら、店の中へ入ろうとして――、

「やあマスター、すごい月だね」

わたしはまばたきを繰り返しました。

お客様がひとり、カウンター席に腰を下ろし、こちらを見て、笑っています。

そう、あの神出鬼没《しんしゅつきぼつ》の、旅人のようなお客様です。

「――い……いらっしゃいませ」

いつのまに、と口が動きそうになったのを慌ててやめて、いい直しました。

「マスター、月に見とれていたからね。そばを通って店に入ったのに、気づいてくれないんだもの」

お客様は楽しげに笑いながら、どこかいいわけめいたことをおっしゃいました。

そんなはずは、と思いながらも、月に見とれていたのはほんとうのことでしたから、少しだけ首をかしげつつも、わたしは急ぎ足でカウンターの中に戻りました。

流しで手を洗い、グラスにレモン水をついで、わたしはお客様の前に置きました。

「何になさいますか？」

「うん。今夜はもう遅いから、ミルクにしようかな。少しだけお砂糖を入れて甘くしてほしいな。

あ、あまり熱くしないでね」

「はい」

猫舌仕様ですね、というと、お客様は楽しそうに、少しだけ照れたように笑ってうなずきました。

「今夜は冷えるからね。いつもよりも少しだけ熱めでも、大丈夫かなと思うけど……

いややっぱり、猫舌向けで、ぬるいくらいがいいかなあ」

顎《あご》の辺りに手をやりながら、お客様はつぶやきました。

「了解しました」

わたしはお客様からは見えないように、うつむきながら、そっと笑いました。このお客様は黙っていればほんとうにかっこいい方なのに、甘いミルクだとか猫舌だとかおっしゃるのが、なんだかとってもかわいらしく思えたのです。そしてふと、生前の祖父がやはりこんなふうに、いいおとななのにかわいらしいこだわりをいくつか持っていたことを思い出して、少しだけ懐かしく、切なくなりました。

少しだけ——ええほんとうに、少しだけのことですが。祖父を亡くしてから、もう何年もたちました。死に別れるのは辛《つら》く悲しいことですが、時がたつごとに死の悲しさよりも、懐《ふところ》に抱《いだ》いた思い出のあたたかさの方をより強く感じるようになっていました。祖父にはもう会えませんが、自分の胸の中に、祖父の人生を丸ごと抱《かか》えているような気がすることが、いまではときどきあります。

生きているということは、先に生きている大切な誰かを見送り、別れるということであり、逝《い》ったひとの人生を丸ごと身のうちに受け取り記憶して、ともに生きていくことなのかもしれない――いまのわたしはそう思っています。

わたしは、琺瑯《ほうろう》の鍋《なべ》でゆっくりぬるめにあたためたミルクの上に、口金で絞って凍らせて保存している、飾り用の生クリームを浮かべました。これで少しは猫舌さん向けの温度に冷めるでしょう。

自動ピアノは静かに、「Fly Me to the Moon」を奏《かな》でていました。どこかけだるく懐かしく、ふわりとした曲なのですが（そもそも本来、この曲はかわいらしい歌詞の恋の歌なのです）、今夜はなぜかしら、ピアノの音が凍るようにさみしげに、店の中に響くような気がしました。残響が、店のそこここにある暗がりへと滲《にじ》んでいくように。

「こういう月の光を浴びていると、思い出したりもするね。――猫という生き物は、実はときどき怖くなったりもすると、そんな話を。猫の持つ魔法の力は、猫を時として、恐ろしい魔性の生き物に変えてしまう……」

「魔性、ですか？」

お客様は肩をすくめました。

「もし猫に、大好きな『誰か』がいたとして、その『誰か』を守るためなら魔性の物になるのさ。ましてやその『誰か』が傷ついたりするようなことがあれば……。

ああ、そういえば、そんな話を聞いたねえ。そう、つい最近にどこかの街で」

お客様は、スケッチブックを広げました。ゆっくりとめくり、やがて、

「ああ、あった」

と小さく声を上げると、開いた頁《ページ》をわたしに見せてくださいました。

鉛筆の主線に水彩の淡い色の着彩で、高校生くらいの少女の絵が描《か》いてあります。楽しそうに笑い、かわいい子猫たちと戯《たわむ》れ――そして暗がりにうずくまり、ひざを抱えて泣いている、そんないくつかの絵でした。

その子のそばに、ひとりのおとなの女性の絵もありました。年齢はわたしくらい、それとももう少し若いでしょうか？　白と紺色の制服を着て、その上にお揃《そろ》いのエプロンを重ねて、賢そうな表情で大きな本棚《ほんだな》のそばに立っている絵です。書店員さんなのかもしれません。

そうしてお客様は、いつもとは少し違った声の調子で、物語を語りはじめたのです。

「――月の光の下で踊《おど》る黒猫を見たことがあります。ひげをつややかにきらめかせ、長い尾をゆらりと夜風に踊らせて。――猫はわたしが見ていることに気づくと、宝石のように輝く緑色の目で振り返り、赤い口を開けて笑ったのです……」

不思議なことに、しゃがれた、少し切なげなその声を聞いているうちに、静かな夜の店の中に、絵の中の女性の姿がぼうっと浮かび上がってくるような、そんな気持ちがしました。

そのひとは、本棚のそばで、目をそっと伏せ、懐かしそうな笑みを浮かべながら、物語を語りはじめるのでした。

‡

月の光の下で踊る黒猫を見たことがあります。

ひげをつややかにきらめかせ、長い尾をゆらりと夜風に踊らせて。

猫はわたしが見ていることに気づくと、宝石のように輝く緑色の目で振り返り、赤い口を開けて笑ったのです。笑った、と思います。

あれはもう十年も前の夏の夜。十年一昔というならば、昔の出来事になるんですね。つい昨日のことのように思えるのに。わたしが高校一年生の、夏の夜のことでした。

その頃のわたしは、いまと同じに漫画が好きで、漫画研究会に入っていました。週に二回、放課後のクラブ活動がある日を、それはもう楽しみにしていたものです。

正直、絵はへたくそもいいところ。でも漫画が好きで描くことが好きで、趣味が同じ仲間たちと漫画の話をするのが楽しくてたまらなかった。漫画家になれたらな、なんて憧《あこが》れもほんの少しはありました。恥ずかしくて誰にもいわなかったけれど。だってクラブには綺羅星《きらぼし》のように、絵がうまい先輩たちや卒業生たちがたくさんいたんですもの。わたしの目には、そういう先輩たちは神様のように見えました。

そんな先輩たちの中に、ひとり、とびきりの神様がいました。ゆうきゆきや先輩。在学中に新人賞を受賞してプロの少年漫画家になったというひとでした。先輩は当時まだ大学生だったのに、雑誌に連載も持っていました。

わたしは先輩の漫画の大ファンでした。ふんわりと綺麗なものだけでできているような漫画。悪いひとが出てこない、かわいらしくてあたたかくて幸せな作品。先輩の目には世界もひともこんなふうに優しく美しく見えているのかと憧れました。

もう卒業生だったんですけど、学校の近所に住んでいたのと、顧問の先生にかわいがられていたこともあって、よく学校に遊びに来てたんですね。わたしたち後輩に絵の描き方や漫画業界の話なんかを柔らかな声と表情で教えてくれました。

先輩は眼鏡《めがね》をかけた若い仙人、って感じのひとで、いつも笑っているひとで。自分の描く作品の通りの、優しげな雰囲気《ふんいき》のお兄さんでした。

背の低いわたしに話しかけるとき、ちょっとだけ身を低くして、わたしの方に笑いかけてくれる、その様子がいまも目の奥に焼き付いているような気がします。「菜子《なこ》」とわたしを呼ぶ優しい声が、耳に聞こえるような。

先輩はみんなのお兄さんみたいなひとで、後輩みんなに懐かれていました。みんなで先輩の家に遊びに行ったこともありました。

先輩の家は、古い小さなビルの屋上にありました。

無人の古いビルのその屋上には、たくさんのプランターや鉢植えが置いてあって、緑と花があふれる空中庭園みたいなその真ん中に、古ぼけた小さなプレハブの家が建っていたんです。そこに先輩はひとりで住んでいました。

そのビルは遠縁《とおえん》のひとの持ち物で、長期の旅行中のそのひとが帰るまでの間、先輩はアルバイトとして、そのビルの管理人をしていたんです。屋上のプレハブの部屋で漫画を描き、持ち主が残していった草花の手入れをしながら、暮らしていました。

先輩の家族は商社勤めだというお父さんの仕事の関係で、長く海外を回っていたので、先輩にしても、そこでひとり暮らしをすることがちょうどよかったようでした。先輩と雰囲気がよく似た、あたたかい感じの家族の写真が、いつもプレハブの部屋に飾ってありました。お父さんとお母さんと妹さん。わたしと同い年だという妹さんは、わたしと似ていました。実際、夏休みに帰国した妹さんと会ったわたしは、まるで生き別れていた自分のきょうだいに会ったように思ったもので、妹さんの方も、初めて会ったとは思えない、なんて嬉《うれ》しそうに笑いながらいってくれたものでした。

そんなこともあって、先輩はわたしのことを、他のみんなよりも少しだけ多くかわいがってくれていたようでした。たぶん先輩は家族と離れて暮らしていることがさみしくて、わたしと話しているときは、妹さんと話しているような、懐かしい気持ちになっていたのだと思います。また先輩は、その頃仕事が忙しくて大学を休学していたので、余計に寂しくもあったんでしょうね。

ひとりっ子のわたしは、お兄さんがずうっとほしかったので、素直に先輩に懐きました。同じ町内に住んでいたこともあって、ひとりだけで何かとちょこちょこ遊びに行ったり、漫画のお手伝いをしに行ったりもしました。

ゆうき先輩はほんとうにいいお兄さんで――いえ、それだけじゃなかったんでしょうね。おとなになったいまはわかります。きっとわたしは先輩のことが好きだったんです。自分の思いに気づかないようにしていたけれど。

わたしは先輩が好きで、先輩が暮らすあの花に包まれた、空に近い庭とプレハブの小さな家が大好きでした。優しい先輩が、優しい作品を描きながら暮らすのに、あの場所は、とても似合っていると思っていました。

わたしと同じように、先輩とあの庭が好きだった「住人」がいました。いつからかあの庭に住み着いていたという、雄《おす》の黒猫です。

ある嵐の夜に迷い込んできたというその黒猫は、胸元に白い三日月のような模様《もよう》の入った猫で、先輩はその猫を、「月輪《つきのわ》」と呼んでいました。ツキノワグマみたいだから、と笑っていったのですが、わたしは最初にその猫を見たとき、昔の怪奇小説の『黒猫』に出てくる猫は、こんな模様だったのかしら、と、つい思ってしまったものでした。胸元に白い毛がはえていたって、そう、ポーの『黒猫』に登場する、主人公を呪《のろ》う不吉な黒猫は、もしかしたらこんな柄だったんじゃ……。

そんな連想が働いたのも、少しだけ怖いと思ったのも、黒猫の緑色の目が、猫の目にしては不思議なほど賢そうに見えたからでした。

でもそのとき感じた寒気は、猫がそれはそれは愛らしい声で鳴いたのと、わたしを見上げ、すり寄るその仕草のかわいらしさで、一瞬にして消えてしまったのでした。

わたしはしゃがみこみ、月輪を抱き上げました。猫が大好きだったのに、わたしの家では昔からペットはだめだということになっていました。死んだらかわいそうでしょう、と母が涙目で怒るのです。

先輩の家に来れば好きなだけ月輪をだっこできる、そんな理由もあって、わたしはますますその屋上に入り浸るようになっていったのでした。


その屋上は、いつも空から降り注ぐ光がいっぱいにあふれていて、とても気持ちのよい場所でした。ただちょっと困るのは、日当たりがよすぎて、夏場は暑くなりすぎてしまうということでした。冬は冬で、薄いプレハブの壁《かべ》は氷のように冷たく冷えて、ストーブを焚《た》いてもあまり効き目がないのだと、先輩はいっていました。

その夏のある日、学校帰りにわたしが先輩の家によると、ちゃぶ台で漫画を描いている先輩のまわりではかわいらしい子猫たちが三匹、畳《たたみ》の上を走り回って遊んでいました。

「きゃあ、かわいい」

わたしが思わず叫ぶと、先輩は額に浮かんだ汗を首にかけたタオルでぬぐいながら、

「こないだの雨の夜に、月輪がどこからか連れてきたんだよ。そのときは弱ってたんだけど、やっと元気になってくれて。まだちょっと風邪《かぜ》気味なんだけどね」

そういわれてみると、子猫たちはたまにくしゃみをしたりしていました。目やにがたまって、目がうるんでいる子猫もいます。

「でも獣医の先生が、もう大丈夫だろうってさ。ほんとに見違えるほど、元気になったんだ」

先輩はよかった、とつぶやいてうなずきました。畳にお行儀よく腰を下ろしている黒猫の方を見て、

「月輪は優しい猫だからねえ。たぶん夜の散歩の途中で、どこかで捨てられたちびたちを見つけて、うちにおいでって呼んだんだろう」

「先輩だったら、助けてくれるから、って?」

「そう思ってくれていたとしたら、光栄なことだねえ」

先輩はにっこりと笑いました。月輪は先輩を見上げ、きらめくその緑色の目を柔らかく細めました。それはたしかに笑っている顔のように、わたしには見えました。

眩《まぶ》しいほどに明るい夏の日差しが入る、画材と本でいっぱいの部屋で、毛糸玉のようにふわふわした三匹の小さな子猫と、つやつやと美しい黒猫、優しく笑う先輩の姿は、どこか絵のよう、先輩の描く漫画の一コマのようで、あまりに綺麗に見えて、なぜか切なく思えたのを覚えています。ああこの情景はきっと長くは続かないんだな、と、ふと、予感めいたものが心に浮かんだことも。

わたしはすぐに縁起《えんぎ》でもないと首を振り、心から不吉な予感を追い出そうとしたのですけれど。

先輩が、いいました。

「猫なんて一匹いるのも多少増えるのもたいしてかわりはないし、うちにきてくれても別にいいんだけれど、うちは暑くなるからなあ。……ううむ。クーラー、買い換えるかなあ」

先輩は壁に取り付けられた、古いクーラーを見上げました。このプレハブとおそらくは同じくらいに古いクーラーは、全力で運転させても、ごうごうと大きな音を立てるだけ、たいしてこの部屋を冷やすことはできないのでした。今日だって、クーラーをつけるよりも涼しいから、とドアも窓も開けていました。

「クーラーでもヒーターでも、買い換えたいときはそうしていい、ただし自分のお金でね、と、親戚《しんせき》にはいわれてるんだけどもねえ」

ううむ、と先輩は考え込みます。その迷いがわたしにはわかりました。お金がない、のです。先輩は生活費も学費も、自分の稼ぎ、原稿料や印税でまかなっていました。それが先輩のプロとしてのプライドなのだということでした。雑誌に連載を持っていて、単行本も何冊か出ている漫画家なので、そこまで売れっ子というほどではない新人作家でも、暮らしていくことはできました。けれど、漫画家には資料代がかかります。たとえば背景を細かく描き込むための写真集。時代考証をするための分厚い歴史の本。よい構図や物語を思いつくためには、様々な本を買って読み、勉強することも大事です。絵を仕上げるのにパソコンや高いソフトを使うので、そこにもお金がかかります。そうしてちゃんと資料になるような本はハードカバーだったり洋書だったりして、値段が高いのです。プロが使うようなレベルだと、必要なパソコンもソフトも、わたしにはびっくりするくらいに高いのです。

　漫画家は一作仕上げるために、たくさんのお金と時間を使います。少なくとも、先輩はそうでした。そうして仕上げた作品で得るお金が返ってくるまでには、長い時間がかかるのです。そして、まだまだ新人漫画家の先輩の場合には、漫画を描くのにかかっただけのお金がすべて返ってきているようにはわたしには見えなかったのでした。

「まあ、仕方がないか」

　先輩は笑い、身をかがめると黒猫をなでました。

「俺は暑くてもがまんすればなんとかなるけれど、おまえたちは毛皮着てるものな。よし、この際、最新式のエアコンを買っちまうか」

　わたしは大きくうなずきました。

「エアコン買っても贅沢《ぜいたく》なんかじゃないと思います。だって……」

　先輩はいつも自分の健康は後回しにしがちでした。漫画を描くということが何より好きで、その仕事に使うためのお金や時間を最優先にするので、たくさんの本や画材、機材に囲まれながら、ろくに休まずに、まともなものも食べずに描き続けているひとでした。

猫たちのためという理由でもいい、むしろそんな理由でもなければ、エアコンに買い換えるなんてことを思いつかなかっただろうとわたしは思いました。

「先輩、あのね。猫は飼うと金運を運んでくるんですって。

わたし、前に本で読みました。猫の伝説がたくさん書いてある本で。猫は自分がおなかがすくと困るから、飼い主がちゃんと自分たちのご飯を用意できるように、お金に困らないようにって、念力を使うんですって」

「へえ」

先輩は笑いました。

「そういえば、月輪が来てから、仕事も増えたし、原稿料もあがったなあ」

黒猫は得意げにすうっと目を細めました。

「だからきっと、子猫が三匹も来たのなら、その分また金運がついてくるんですよ」

「ほうほう、菜子は本が好きで物知りだから、説得力があるというか、信じられるなあ」

猫の伝説が書いてある本にたしかにそういう記述がありました。わたしは子どもの頃から本が好きで、おまけに猫も好きでしたので、昔から、猫の本はそれはたくさん読んでいたのです。

わたしはふふっと笑うと、子猫たちを見ました。走り疲れたのか、折り重なって畳の上で寝ています。おへそを天井《てんじょう》に向けて眠っている姿は、とても幸せそうで、わたしはこの部屋が涼しくなって、先輩の健康にいいようになるのなら、そのためだけでも、この子猫たちがここへ来たことは幸運をもたらしたことになるんじゃないのかな、なんて思いました。

「猫ってたしかに不思議なところがあるよな」

先輩は笑って、また月輪をなでました。

「魔法とか使いそうだ。人間の言葉くらいわかってそうだし。特に月輪はさ。たまにこいつは猫の形をした人間か、でなきゃ妖怪か何かじゃないかと思うときがあるよ。だって月輪、新聞を読むしさ」

「え？」

「こないだ、俺が近所に買い物に行って、部屋に帰ってきたら、月輪さ、古新聞の上に乗っかって、まじまじと記事を読んでたんだ」

「……ええと、それは新聞の上に寝そべってただけじゃないんですか？」

先輩はいささかの曇《くも》りもないまなざしで、わたしを見つめて答えました。

「いや、新聞を読んでたんだ。あきらかに目が違ってた。文字を追って読んでいたんだよ」

「…………」

先輩は楽しそうに笑って、

「こいつね、漫画のネームも読んでくれるんだよ。面白いってときは、褒《ほ》めるように、にゃーって鳴いてくれるんだ」

わたしは月輪を振り返りました。黒猫は何も考えていないような顔をしてそっぽを向き、後ろ足で首の辺りをかきました。

まさかね、とわたしは思いました。そんな、お話の中の猫じゃあるまいし。

「――でも、ちょっと怖いのは……」

先輩が少し低い声でいいました。

「最近、魔女っ子の話を描こうとして、魔術や錬金術関係の本を集めてるんだけれど、一度こいつが黒魔術の本を熱心に読んでいたことがあってね。黒猫なだけに、似合いすぎて怖かった。いまにも悪魔を呼び出しそうで」

わたしは今更のように、その猫の胸元の模様が、あの怪奇小説の黒猫のようだと自分が思ったということを思い出したのでした。

月輪が首を動かして、わたしの方を振り返りました。すうっと目を細め、赤い口を少し開けて、笑った――ように見えました。が、それは気のせいだったのでしょう。猫はふわりと口を開けて、大きなあくびをしたのです。

先輩は黒猫に笑いかけました。

「黒魔術の本、大きくて表紙がすべすべしてるから、気に入ったのかもしれないけど、高い本だから爪で傷つけないでくれよな？」

先輩はそういうと、本棚に並べられた魔法や錬金術関係の本の背表紙を眺めました。背の高い本棚の上の段に、美しい背表紙の本が何冊も並んでいます。先輩はいま、出版社のひとにいわれて、いままでとは違う作風の作品を描こうとしているところでした。いつものようなふんわりと優しい日だまりのような漫画ではなくて、もっとあざとい、もっと派手で、もっと人気が出るような漫画を描いてほしい、といわれたというのです。そういう作品を描くために、と集め始めた資料の本でした。

わたしは先輩の作品が好きだったので、先輩がこんな暗くて怖いような世界の漫画を描こうとしているということがなんだか嬉しくなくて、ため息をつきました。

するとどう思ったのでしょう、先輩が明るい声でいいました。

「原稿料が入ったら、美味《おい》しいケーキを食べに行こうと思ってるんだ。菜子もくるか？」

「え？　ケーキ？」

「どこか素敵なホテルのケーキバイキング。ごちそうするからさ。菜子にはアシスタントしてもらってるし、お礼としてさ」

そんなにいわれるほど、アシスタントなんてできていませんでした。先輩は美しい描線の絵を驚くほど速く描けるひとで、わたしはベタぬりやカケアミくらいしかすることがなかったのです。それかお茶を淹《い》れたり、インスタントラーメンを作ることくらいしか。それなのに先輩はいつもバイト代をくれていたのです。

先輩は手を合わせるようにしていいました。

「俺ひとりだと甘いもの食べに行きにくいんだ。だから菜子、いっしょにきてくれよ」

「そういうことなら、いいかな」

さらりと答えましたが、心は弾《はず》んでいました。甘いものも先輩も大好きでしたから。

そのとき、

「ケーキを食べに行くの？　いいわねえ」

開けっ放しになっていたドアの方から、華やかな声がしました。

近所のひとが、回覧板を手に立っていたのです。高そうなレースのブラウスの上に、ふわりと共布のショールを掛けたそのひとは、小首をかしげるようにして笑いました。ルネサンス時代の女神か天使の絵のような笑顔でした。ローズピンクの口紅が、とてもよく似合っていました。口元に刻まれた年相応の皺《しわ》が、美しく見えました。

「あ、柘榴田《ざくろだ》さん、ありがとうございます」

先輩が頭を下げて、回覧板を受け取りに行きました。

このひとには前にもあったことがありました。そのときもたしか、回覧板を届けにきてくれたのでした。近所の病院の奥様だと聞きました。先輩がいうにはこの辺りの地主で、親切で有名なひとなのだそうです。みんなに好かれていて、友達も多いのだとか。ただちょっと話し好きで、近所のいろんな噂《うわさ》を聞いてもいないのに何でも教えてくれるのが困ってしまうのだと、先輩はいっていました。

そのひとの笑顔とまなざしを見ていると、わたしは懐かしいような不安なような、不思議な気持ちになるのでした。何かこのひとを知っているような、前にどこかであったことがあるような、そんな気分になるのです。

栢榴田さんは、先輩の家の中に興味があるようでした。ちらちらと部屋の中をうかがっています。——と、その目が、眠っている子猫たちの方を見ました。

「まあ」と、声が上がりました。

「かわいい子猫ちゃん。飼うことにしたの？」

天使のような女神のような笑顔で、綺麗な声で、そのひとはいいました。

「幸せな子たちね。優しいお兄ちゃんのうちの子になれて」

わたしははっとしました。ああなんだかやっぱり、この感じ、知っているひとのような気がします。そんなこと、ありえないのに。

そのとき、子猫の一匹が寝ながら小さくくしゃみをしました。栢榴田さんは、あらあら、と笑いました。

「なんてまあ、かわいらしいくしゃみだこと。風邪を引いちゃってるのかしらねえ」

優しい目で、微笑《ほほえ》みを浮かべて、そのひとは身をかがめ、子猫たちの方に白く美しい手を伸ばそうとしました。

と、そのひとの前に、月輪が音もなく回り込み、彼女に向かって威嚇《いかく》したのです。牙をむきだした、それはいままでに一度も見たことのない、恐ろしい表情でした。

「月輪」

先輩が猫を叱《しか》りました。

柘榴田さんは驚いたように身をひき、そして、怖い怖い、と、笑いました。

「わたし、猫ちゃんのこと好きなのに、なぜかしら、昔から嫌われちゃうのよね。

——お友達になりたいだけなのに」

しゅんとした様子で、肩を落としました。

柘榴田さんはプレハブの部屋から離れていきました。屋上から下まで伸びている鉄の階段の方へと、ヒールの高い靴の足音が遠ざかります。それはこの屋上へまっすぐにくることのできる階段で、ふだんは先輩もわたしもその階段を使っていました。急な階段でところどころさびていて、雨の日は濡《ぬ》れて滑ったりもするので、わたしはその階段のことがちょっとだけ苦手でした。

階段を降りる前に、そのひとは一瞬、こちらを振り返りました。

そのとき先輩は身をかがめて月輪に話しかけていたので、そのひとが振り返ったということを知らなかったと思います。

先輩と月輪を見たまなざしは無表情でした。プラスチックでできた人形の目のように。作り物の、血の通わない瞳のまなざしでした。

それはほんとうに一瞬のことでした。柘榴田さんはわたしと目が合ったことに気づいたのか、いつもの天使のような、ふんわりとした優しい笑顔になり、腰を折って美しい仕草で挨拶《あいさつ》すると、急ぎ足で立ち去ったのでした。

先輩は月輪に諭すように話していました。

「どうして柘榴田さんにシャーッていったりしたんだ？　あのひとはいいひとなんだぞ。ひとり暮らしの俺を心配して、何かとこの屋上まであがってきてくれてるんだから。俺の漫画だって読んでくれてるみたいだしさ。優しい、いいひとだぞ」

わたしは、先輩がいまの柘榴田さんのまなざしを見ないでよかったと思いました。

そしてわたしは、やっぱりわたしはあのひとを——いや、「あの感じ」を知っているような気がしたのです。胸の奥がざわざわして、口の中が苦くなりました。

いまのが錯覚《さっかく》じゃなかったら……。

わたしの気のせいでないとしたら。

先輩のことをあんな目で見るひとがいいひとなはずがないのです。わたしは先輩が大好きだから、だからそう思うってそれだけじゃなく――先輩のことを嫌うようなひとたちのことを、わたしは好きではありませんでした。


わたしたち後輩に懐かれていた先輩でしたが、漫画研究会のみんなに好かれていたというわけではありませんでした。

特に部長や副部長のように、先輩と年が近かったりするひとたちは、先輩が笑顔で話しかけても、それとなく無視したりしていました。

先輩に聞こえるような声で、ぼそっと、

「卒業したのにいまだにくるんじゃねえよ」

と、いっているのを聞いたこともあります。

先輩は聞こえていたのかいなかったのか、笑っているだけでした。そんな様子も、部長たちは気に入らなかったのだと思います。

先輩を遠巻きに見て、嫌な感じで笑っているひとたちもいました。現実離れした嘘《うそ》っぽい話ばかり描いている奴だといい、いい年なのに子どもっぽい、綺麗ごとばかりの漫画を描いて、と笑うひとたちです。

いまになって思うと、いち早くプロデビューして、ひと一倍上手な絵で、美しい世界を描き続けている先輩への嫉妬《しっと》と、嫉妬してしまう自分の心へのやましさがない交ぜになってうまれたような——そんな暗い心故《ゆえ》のことだったのかなあ、と思います。いつもゆうき先輩は——あの光に包まれた庭のように、明るくて純粋なひとでした。いつも優しく生きようと、笑顔でいようとしていたひとでした。でもそんなひとは、心にやましいところのあるひとたちからは、嫌われてしまうものなのかもしれません。暗い世界に住む生き物には太陽の光が眩しくて痛いように。

それから数日、雨の日が続きました。夏の空とは思えないほど、墨《すみ》を流したような色の、どんよりと重たい黒い雲が空を埋め尽くす日が続いたのです。

わたしはそんな雲を傘の陰《かげ》から見上げながら、放課後、久しぶりに、先輩の家を訪ねました。調理実習でクッキーを焼いたので、差し入れに持って行こうと思ったのです。我ながらかわいく美味しく焼けたので、うきうきと道をたどりました。

滑りやすい鉄の階段を、気をつけながら上っていき、枝や葉に雨を受けて音を立てる植物たちの間を抜けて、プレハブの家の前に立ちました。カーテンが半分閉まったままの窓の中は薄暗く見えました。しんとしています。先輩、いないのかな、と思いながらドアの方に行くと、ドアが薄く開いて風に揺れていました。

そしてわたしは、見たのです。——血痕《けっこん》を。

屋上の濡れたセメントの上に、ぽつぽつとまるで誰かが絵の具でもまきちらしたように落ちている、いくつもの赤黒い血の染みを。

嫌な予感がして、ドアを開けました。

雨の音が響く薄暗い部屋の中に、布団《ふとん》が雑に敷かれていて、そこにからだを丸くした先輩が横になっていました。そばに闇色のかたまりのように月輪がうずくまっていて、わたしが近づくと悲しそうな声で鳴きました。

「先輩、どうしたんですか?」

熱でもあるのか、と思ったのですが、よく見ると額に巻いたタオルに赤黒く、乾きかけた血が、たくさん滲んでいました。

「……ちょっとどじっちゃってさ」

力のない声で、先輩は笑いました。

「急いでて……階段から落ちちゃって」

「あの、それって、いつの話ですか？　病院には、いったんですか？」

「……昨日の夜、だったかな？」

そういいながら先輩は、血で汚れた手で痛そうに頭を押さえ、目をつぶりました。

「俺はいいんだけど、月輪どうしてる？　俺が落ちたときに巻き添えにしちゃってさ。どうも前足に怪我《けが》させちゃったみたいで……部屋の中に、あちこち血染めの足跡が」

わたしははっとして黒猫を見ました。古い畳についた黒猫の前足、その右足は畳から浮いていて、足のある辺りには赤黒い血だまりができていました。生臭いにおいがするのは、膿《う》んでいるからかもしれません。猫の傷のにおいかあるいは先輩のそれなのかは、心臓がどきどきして、倒れそうな気持ちになっていたわたしにはわからなくて、あるいは両方の傷のにおいだったのかもしれませんでした。

疲れ果てたような声で、先輩がいいました。

「菜子、いいタイミングできてくれてありがとう。ごめん。月輪に猫缶あけてあげて

くれないかなあ。俺、なんだかめまいがひどくて、起き上がれなくてさ。ご飯あげられなかったんだ。かわいそうに、きっとおなかすかせてると思う……」

わたしは慌てて猫缶を探そうとして、そして、はっとして先輩に聞きました。

「あの、先輩はご飯食べてるんですか？」

「………」

わたしは部屋を見回しました。冷蔵庫を開けてみました。栄養ドリンクとスポーツドリンクが入っているだけ。食べられそうなものは何もありません。わたしはスポーツドリンクを抱えて先輩の枕元に座り込みました。クッキーを持ってきてよかったと思いました。

「とりあえず、これ飲んで、これでも食べていてください。すぐに、何か買ってきますから」

そしてわたしは、月輪に猫缶をあけてあげようとして、気づきました。

子猫たちがいません。

「あの……子猫たちは？」

「うん。ああ」

先輩は言葉を呑《の》み込むようにしました。しばらく迷うように天井を見上げて、そして、いいました。

「ゆうべ、死んだんだ。みんな。三匹とも」

「え？」

わたしは聞き返し、言葉を続けました。

「……風邪、治らなかったんですか？」

子猫は弱いから、風邪をこじらせただけで死んでしまうことがあると、本で読んだことがありました。

「いや、ちょっと、事故があって」

「事故？」

「子猫たち、風邪を引いてただろう？　かわいそうに思ってくれた柘榴田さんが、昨日、風邪薬を飲ませたんだ。猫缶に混ぜて――人間用の風邪薬を」

先輩は顔を両手で覆《おお》いました。

「雨が降っていてね、そのせいでわからなかった。仕事に熱中してたしね。月輪が大きな声で鳴いたから気づいたんだ。

屋上の花の鉢の陰で、傘を差した柘榴田さんがしゃがみこんで、子猫たちに薬入りの猫缶を食べさせてた。慌てて止めたんだけど、もう遅かった。ずいぶん食べちゃってでてね。猫には人間の風邪薬は猛毒なんだ。そのことを、柘榴田さんに説明したら、すごくびっくりしてたよ。知らなかった、ごめんなさいって泣いてた」

「………」

「すぐに獣医さんに連れて行ったんだけど、もう手遅れだった。かわいそうにね。やっと元気になったところだったのに、やっと……」

すすり泣く先輩の様子を、月輪が見ていました。薄暗い部屋の中で、緑色の目は光って、炎のようでした。

「子猫たちを抱えて病院に行こうとしたとき、俺、階段から落ちたんだ。焦《あせ》っていたし、雨で濡れていたしね。子猫たちを——病院に着いた頃から、具合がみるみる悪くなっていった子猫たちを入院させて帰って、部屋で獣医さんからの電話を待って。夜中に、だめだったって連絡があって、それから……どうしたっけかな？」

「病院、行ってないんですね？」

人間の病院には。

「月輪を病院に連れて行かないと。あと、子猫たちの葬式を……引き取りに行かないと」

先輩は、もがくようにして布団から起き上がろうとしながらいいました。

「月輪の奴、前足の傷を、俺に見せてくれないんだ。——きっと遠慮してるんだよ。動物病院は高いからって。ばかだよなあ。賢いのに、ほんとにばかな猫だよなあ」

その言葉がわかるのかわからないのか。月輪は先輩のそばを離れ、わたしの背中の方へと隠れるように回るのでした。

「ばかは先輩の方です」

わたしはいい切りました。

「すぐに病院に行ってください。ていうか、いまから救急車呼びますから」

「いや俺は丈夫だから。寝てたら治るから」

「頭の怪我はよくないですよ？」

「いま財布にお金がないよ。もう全然」

泣きそうな笑顔を見て、ああ子猫たちのために使ったんだな、と思いました。なのに、三匹とも助からなかったんだな、と。

そう思うと、涙が出ました。ころころと毛糸玉のようにころがって遊んでいた、あのかわいい子猫たち。ぬいぐるみのようだった子猫たちに、もう二度と会うことはないのです。かわいそうに、と思いました。苦しかっただろうな、と。優しいおばさんに猫缶を開けてもらった、美味しいご飯をいっぱい食べたと思っていただろうに……。

そのときわたしの胸は変なふうにうずきました。——柘榴田さんが、子猫たちに猫缶を？　あのひとが？

先輩がいいました。辛そうな声で。

「柘榴田さんが気の毒でね。あのひとは猫が大好きだっていってたし、あんなに優しいひとだから、自分のせいで子猫が死んでしまったなんて知ったら、どんなに傷つくだろう……」

わたしは胸の奥にもやもやするものを抱えたまま、自分の携帯電話で救急車を呼びました。お金は自分のお財布を押しつけるようにして、先輩に渡しました。どうせその中に入っていたのは、いままでに先輩からもらったアシスタント代、画材でも買おうと思って入れていたお金でした。大好きな先輩からもらうお金はもったいなくて使えなくて、そのまま貯金箱に入れていたのですが、記念になるようにコピックでも買おうかと思って、お財布に移していたところだったのです。

　先輩はわたしに何度も謝りながら、やがてきた救急隊のひとに抱きかかえられて部屋を出ていきました。そしてそのまま、遠い街の病院に入院することになったのです。

　わたしは先輩のいなくなった部屋の中で、ため息をつきました。ああいけない、と、そのときになって思い出して、先輩の妹さんに事情を説明するメールを送りました。彼女のいる外国はいま真夜中なので、すぐには気がついてくれないかもしれません。

　わたしは携帯電話を握りしめて、静かな部屋で立ったまま泣きました。そして、先輩が一番気がかりだったろう黒猫の姿を捜《さが》しました。

　黒猫は部屋の暗がりの中に、すうっと闇から生まれたような姿で座っていました。

「おいで」と、呼びました。

「おいで。あんたも獣医さんにいこう？　お金だったら大丈夫よ。まだあるもん」

　猫の緑色の目がすうっと細められました。笑ったようにも泣いたようにも見えました。

　そして猫は捕まえようとしたわたしの手の先から逃げて、開いたままのドアから、細く雨が降る外へと駆《か》けだしていったのです。前足を一本浮かせてはいても、まるで精霊のような、背中に翼が生えているかのような、かろやかな身のこなしでした。

わたしは窓までその姿を追って、肩を落としました。

そして、何気なく、猫がいたところを振り返って、はっとしました。

猫は、黒魔術の本の上に座っていたのです。悪魔を呼び出す魔法円の絵が描いてある表紙の本の、その上に。『願いは悪魔が叶《かな》えてくれます。ただ呼び出しさえすれば』と灰色の紙に赤い字で書かれた帯がかかったその本は猫の血で汚れていました。

ぞっとしました。けれどすぐに苦笑しました。猫が寝るにはよさそうな、すべすべの表紙の大きな本です。きっとこの上で横になって、見守ってくれていたのでしょう。

本を手に取り、また本棚に戻そうとして、あれ、と思いました。いつも本棚のこんなに高いところに置いてある本が、どうして床に置いてあったのでしょう？

「――先輩、読んでいたのかな？」

いいえ、先輩は本を大事にするひとなので、読みかけの本を床の上に置いたままにしたりすることはありませんでした。

わたしは、黒猫が消えたドアの方を見つめ、静かに降る雨の音を聞いていました。

その日から毎日、わたしは先輩の家に通いました。先輩が帰ってくるのを待ちたかったのと、何より月輪を捕まえるためです。痛そうな右の前足はやはりひどく傷つき膿んでいるらしく、部屋のあちこちに、そして屋上に、点々と血で染まった猫の足跡が残っていました。早く病院に連れて行かないと、子猫たちのように月輪まで死んでしまうのではないかとわたしは不安になりました。

わたしが屋上に行くごとに、血と膿《うみ》のあとが増えていきました。誰かがその染みで、不吉な絵でも描いているように。

かわいそうに、よほどひどい怪我なのだろうと思いました。

月輪は捕まりませんでした。元々自由にそこらを歩いていた猫ですし、草花が生い茂る屋上庭園に潜んでいれば、黒い小さな姿は見えません。わたしがお皿に入れておいたドライフードや水は減っていたので、たまに帰ってきてはいたのだと思います。部屋の鍵《かぎ》はわたしが預かっていましたが、月輪は猫用に開けられたドアから自由に出入りができるようになっていました。

先輩が入院したあの日以来、降り続いた雨は上がっていました。なので、月輪は外にいても雨には濡れないだろうと、それは少しだけ安心しました。――けれど。

ある日の夕方、月輪を捕まえられそうなチャンスがありました。

プランターいっぱいに茂った白粉花《おしろいばな》の花の下で、夕暮れの赤に染まりながら、ぽつんと座っていた月輪を見つけたのです。

おいで、と声をかけたとき、鉄の階段を上ってくる足音がして、柘榴田さんが姿を現しました。

そのひとは、泣いていました。

「街で噂を聞いたんだけど、このうちのお兄ちゃん、怪我で入院したんですって？かわいそうに。よい子だったのにねえ。心の綺麗な、とっても優しい子だったのにねえ。わたしがうっかりしたことをしたばっかりに……」

上等そうな刺繍《ししゅう》入りのハンカチを握りしめる手も、白いほほも涙で濡れていました。まつ毛の長い目は泣きはらしたのか、真っ赤でした。

「わたし、あのお兄ちゃんが階段から落ちたとき、そばにいたのよ。びっくりしてすぐに病院に行きなさいっていったの。なんならうちの病院に来なさいって。でもね、あの子、ほんとに優しかったのねえ。自分は大丈夫、それより子猫ちゃんたちを動物病院に連れて行かなきゃっていって。ふらふらしていたから、タクシー代を出してあげたの。きちんとした子よね。何回も何回もわたしにありがとうございますって頭を下げて。

わたし――わたしのせいであんなことになっちゃったようなものなのに、それくらいのことしか、してあげられなくって……」

その震える声と、悲しそうな様子に、わたしはこのひとは、美しい見た目の通り、ほんとうによいひとなのだと思いました。心に引っかかるところがあったのは、きっと気のせいで、あの日先輩と月輪を人形のように無表情な目で見ていたと思ったのも、あれはきっと錯覚だったのです。『よい子だった』『優しかった』と、過去形で語られたことだけ、縁起でもないと思いましたけれど。

そのとき、そのひとが訊《たず》ねたのです。

「いま、猫ちゃんたちの世話は、あなたがしているの？　かわいい子猫ちゃんたちと黒猫ちゃんの。――あの、子猫ちゃんたちは結局どうなったのかしら？　助かったのよね？」

涙ぐみながら、そのひとは微笑みました。

「あ」

わたしは一瞬、言葉を呑み込みました。話したら傷つくかも、と思いながら、そのときにはもう、言葉が口から出ていました。

「子猫たち、その、死んじゃったんです……」

「そうなの」

うつむいたそのひとは、なぜか驚いた様子もなく、さらりとそう答えました。そして、かわいそうに、といいながら、ハンカチで目元を押さえたのですが、その瞬間、浮かんだ表情を見て、わたしは自分の目を疑いました。

笑っているように見えたのです。品のよい皺に囲まれた綺麗な口元が。

ハンカチから少し目を上げて、そのひとは、月輪を見ました。

「……黒猫ちゃんも、寂しくなったわねえ」

ハンカチの隙間《すきま》からのぞく、その口元とのどがひくひくと動いていました。涙をこらえているようにも見えましたが、わたしには、笑いをこらえているところのように思えたのです。

白粉花の茂みの下にうずくまり、月輪はそのひとを見上げていました。静かに、じいっと、燃えるような緑色の瞳で。

「——嫌だわ、怖い」

柘榴田さんはつぶやきました。

そのとき、黒猫を見下ろした瞳。その目を、その表情を、わたしは知っている、と思いました。ああやっぱり、知っている。昔、ずうっと昔に、たしかにわたしはこれと同じものを見たことがあったような気がしたのです。

月輪はふい、と身を翻《ひるがえ》し、そして急な階段を駆け下りていきました。三本の足で。

黒い風のように。

学校帰りに先輩の家に寄り、そのまま暗くなるまで待って、やがてあきらめて自分の家に帰る日が続きました。

うちが近所でよかったと思いました。帰る時間にはうるさい方だったうちの母もそういうことならとわかってくれました。母はもともと猫が好きで、先輩の漫画のファンでもあったので、先輩と子猫たちと月輪の話を聞いて、涙ぐんで悲しみ、心配してくれていました。

　そんなある夜、母が迎えに来てくれました。

　いっしょに暗い住宅街を歩きながら、ふと、母がいいました。

「柘榴田さん、回覧板は読まなかったのかしらね」

「回覧板？」

「最近、町内会長さんからの一言に、『猫には人間の薬を与えないでください。人間用の風邪薬は猫には猛毒になる、とテレビのワイドショーでいっていました。みなさん、気をつけましょう』って書いてあったのよ」

　町内会長さんは回覧板を回すとき、いつも一言そのとき思っていたことを書き添えるひとでした。ニュースや読んだ本の感想や、四季の話題、テレビで見た美味しそうなレシピのことや孫自慢が、丁寧な筆の字で綴《つづ》られているその一言は、「町内会長さんからの一言」と呼ばれる、ファンの多い連載記事でした。

　わたしは忙しい女子高生なので、いつもは回覧板なんて見る暇《ひま》がありません。家にたまたまあって、居間に置いてあったりしたときだけ、気まぐれに見る感じでした。だからその内容の「一言」も読んでいなかったのです。

「ママ、それって最近のことだったの？」

「そうよ。先週くらいだったかな？　柘榴田さん、回覧板なんて下々《しもじも》の者が読むようなものに興味ないのかしらね」

言葉にとげがありました。もともと母は柘榴田さんのことを好いてはいないようなのでした。その理由は話してくれませんでしたけれど。

「回覧板をちゃんと読んでいたら、子猫ちゃんたち、死なないですんだのにねえ。——ううん、意外と、わざと薬をあげてたりして」

母は低い声でいうと、すぐに首を横に振り、そんなことないか、と、いいました。

「『小黒山《こぐろやま》さん』じゃあるまいしね。彼女ならやりかねなかったんでしょうけど……」

「こぐろやま、さん？」

胸の奥がどきっとしました。なんだかその名前に覚えがあるような気がしました。

「ママ、誰だったっけ？　そのひと」

母は苦虫をかみつぶしたような顔をしました。うーん、と迷うように数歩歩いて、

「昔、町内に住んでいたひとよ。菜子は覚えてないかな。あんたが幼稚園くらいのときだったもんねえ。なんていうか、実に気持ち悪いひとだった」

「気持ち悪い？」

「いつも笑顔で誰にでも親切で、にこにこしてたんだけどね、なぜかすごく猫嫌いで。自分の家の塀《へい》の上に、ガラスの破片植えていたりとか。猫が歩けないようにね」

「うわあ」

「庭と駐車場には、ぐるっと鉄条網よ。ママ、回覧板持って行ったときに、たまたま野良猫が引っかかってるのを見つけて、救助したことあるもの。鉄条網、毛の長い猫だと、引っかかると動けなくなるのよね」

猫が嫌いなひともそれはいるでしょうけれど、それはあんまりだと思いました。水が入ったペットボトルを、魔除けみたいに並べて置いたりするのとはレベルが違います。

母の話を聞くうちに、少しずつ、そのひとのことを思い出してきました。

子どもや絵本が好きだからといって、よくわたしたち小さい子に話しかけていた、近所のおばさん。ちょうど柘榴田さんのようにお金持ちの奥様で、いつも笑顔だったけれど、その笑顔が怖かったのを覚えています。作り物みたいな笑顔だったのです。まるで人間に化けようとする魔物の笑顔のような。

「ママ、小黒山さんっていま近所にはいないよね。お引っ越《こ》ししたの？」

「そうよ。いろいろあって、町内にいられなくなったのね」

「どうして？」

「庭に迷い込んだ、よそのうちの飼い猫を、ガムテープでぐるぐる巻きにして、生ゴミ用の袋に入れて、ゴミの日に出そうとしたのよ。たまたま町内会長さんがそれに気づいて助け出したからよかったんだけどね」

「……うわあ」

「まったく、うわあ、よね。ふだんはにこにこ笑顔のひとだったから、とにかくみんなひいちゃってね。猫嫌いなひとたちにもそこまではちょっと、といわれちゃったりして。

　結局、みんなの冷たい視線に耐えられなくなったんでしょうね、ある日突然引っ越していっちゃったの。まあ猫嫌いな他はそつのない、きちんとしたひとだったし、新しい街ではうまくやってるのじゃないかしら。そこでもよその家の猫を捕まえて生ゴミに出してるかもしれないけどね」

　母は深いため息をつきました。

「世の中には、余計なお世話を焼く人間っているのよね。自分が正義で、嫌いなものや意見はその存在を一切認めようとしない。小黒山さん、『わたしは猫が大嫌いだ。庭や池を荒らすし、春や秋は鳴き声がうるさい。何しろ見た目が薄気味悪い。そもそも猫を自由に歩かせておく方が悪いんだ。うちの大切な庭に入ってきたんだから、何をしようと勝手でしょう』って町内会長さんにいったらしいんだけど、なんだかねえ。

猫を放し飼いにするのはいまの日本じゃよくないことかもしれない。猫をほったらかしにしてる駄目な飼い主もいる。けれど、だからって、捕まえてゴミに出してもいいってことにはならないでしょう？　命を、殺してもいいなんて。

ママが鉄条網から助けた猫も、ひょっとしたらゴミに出されるところだったのかと思ったら、あれから何度もぞっとしたものよ」

「……その猫、ママが助けてよかったねえ」

「うん。ママ思うのね。最近、人間同士でも、誰かが一度何かで失敗したりすると、すごく簡単に、自業自得だとか死ねとか、いったりするひといるでしょう？　どれだけひどい言葉で責められても当然だ、いっそ殺されても仕方ない、みたいなことまで。そういうひと怖いなあって。なんでそういうひと増えちゃったのかなあって。

人間じゃないみたいだわ。人間って、ほんとはもっと優しいものだったと思うのよね……もっとおだやかで。もっとなごやかで。もっと……」

母はそして、つぶやきました。

「柘榴田の奥さんって、笑顔が小黒山さんに似てるのよね。よく知らないひとなのに、嫌っちゃいけないって思いつつ、どうしても重なってしまって、それでたぶん、ママあのひとが苦手なのよ」

はっとしました。自分がなぜ、あの柘榴田さんの笑顔が苦手だったのか、やっと気づいたのでした。幼稚園の頃の記憶にかすかに残っていた笑顔——いまはもういない、小黒山さんの笑顔の記憶のせいだったのです。

そう、小さい頃のわたしは見たことがあったのです。通りすがりの野良猫に小黒山さんが投げたまなざしを。

そのときわたしはうちの前で、ひとりで遊んでいました。野良猫がそばにきたので、しゃがんで呼びました。ところが、そこにたまたま通りかかった小黒山さんが、冷たい目で猫を見たのです。そこにいてはいけないものを見るような目で。

小黒山さんは、道に落ちていた石を拾い、猫めがけて、手加減なしに投げました。

頭に当たり、猫は悲鳴を上げて逃げていきました。その様子と、その直後に小黒山さんが何事もなかったようにこちらに向けた笑顔が怖くて、それがあんまり怖かったので、わたしは忘れていました。忘れようとしていたのだと思い出しました。

先輩と月輪に向けていた、柘榴田さんの無表情なまなざし。それはあのときの、野良猫に石を投げる直前の、小黒山さんの目と同じでした。

先輩がもう戻ってこないなんて、考えてもいませんでした。

けれど、その夜遅く、入院してからわずか数日後の夜に、先輩は亡くなってしまったのです。頭のよくないところを打っていたということでした。

遠い海外から急いで帰ってきていた家族たちが、先輩の亡骸《なきがら》を病院から引き取り、日本の家に連れ帰りました。次の夜のお通夜と、その次の日の午後のお葬式にはわたしも行きました。少しだけ遠い街に、電車に乗って行きました。

お葬式のあと、わたしは喪服の代わりの制服のままで、屋上の家に戻ってきました。

その頃には、あたりは夕方になっていました。

月輪のご飯の準備をしなくてはいけません。二日もくることができなかったので、おなかがすいているだろうと思いました。

たくさん泣いたので、涙は出ませんでした。閉め切られたままの部屋は、夏の蒸し暑い空気でむっとしていました。窓を開けて、風を通しました。いつのまにか日は落ちていて、夏の草花の香りの夜風が、涼しく吹き込みました。ああこの部屋を吹き抜ける優しい風を先輩はもう感じることはないんだなあと思いました。

先輩の使っていた画材は、形見分けと思ってもっていっていいと先輩の家族にいわれていました。どうぞ、好きなものを好きなだけ、もっていってくださいね、と。

「あの子も喜ぶだろうから」

そういって笑った、先輩のお母さんの、先輩とよく似た柔らかい笑顔が忘れられなくて、喪服を着たお父さんと妹さんが泣いていたその様子がいつまでも思い出されて、わたしは蒸し暑い静かな部屋で、腫《は》れ上がった目をぽっかりと開けたまま、立ち尽くしました。

あの雨の夜を境目に、楽しかった日々が終わってしまった、そのことがまるで悪夢のようで、なんでこんなことになってしまったのだろうと、わたしは自分の手を握りしめました。無意識のうちに何度もそうしていたらしく、気がつくとてのひらには、薄く血が滲んでいました。自分の爪が柔らかな皮膚にくいこんでいたんですね。でも痛みなんて、全然感じませんでした。

と、薄暗い部屋の中に、何か小さな黒いものの気配があるのを感じました。月輪です。床に広がった本の上に座り込み、うなだれてページを見つめています。

「月輪」

わたしは声をかけました。

「先輩、死んじゃったよ……」

黒猫は彫像のように動きません。わたしの声が聞こえているのかどうかもわかりませんでした。

「ここには、もう帰ってこないよ」

言葉にしながら、わたしはどこかで、月輪はそのことを知っているような気がしました。誰に聞かなくても、悟っているような。

あるいは、先輩が階段から落ちたその日にはもう、それから先の未来のすべてがわかっていたように思えたのは、本が好きなわたしの妄想、考えすぎだったでしょうか。

「――ねえ、月輪、うちにくる?」

わたしはずっと考えていたことを口にしました。母は猫嫌いなわけではなく、むしろ動物が好きすぎて飼えないというひとなので、話せばわかってくれるだろうと思いました。父はわたしに甘いから大丈夫でしょう。

あの雨の日から、先輩は月輪のことをずっと心配していました。先輩のいた病院は遠くて、そして先輩はひどく具合が悪そうだったので、メールで一、二度やりとりをしただけ、わたしは一度もお見舞いに行けませんでした。けれど、入院中の病院で先輩は月輪のことばかり心配していたらしいのです。――だから、わたしは画材よりも何よりも、あの黒猫を引き継《つ》がなくてはいけないんだ、と思っていました。

「月輪、一緒に行こう?」

話しかけているうちに、からだが重くなってきました。先輩が亡くなってから気がつくともう二日、ほとんど寝ていなかったのでした。わたしは壁により掛かり、猫の方を見ながら畳に座りました。

猫は熱心に本を読んでいます。ああ、あの本は、前にも読んでいた、黒魔術の本だ、と、ぼんやりと思いました。――そうだね、悪魔でも呼び出したいような気持ちだよねえ。

悪魔でも呼べるなら、いいのにねえ……。

柘榴田さんは今頃どうしているのだろうかと思いました。先輩が亡くなったことはもう、街の噂で聞いたでしょうか？　家族や知り合いの前で、悲しむふりをするのでしょうか？　ハンカチで隠した口元で笑いながら。

風に吹かれているうちに、目が閉じました。

月の光で目が覚めました。

カーテンを閉めていないままの部屋の中に、大きな満月の光が差し込んでいたのです。

わたしは目をこすり、重いからだをゆっくりと起こしました。いつのまにか、畳の上に転がって眠っていたのです。

屋上庭園から吹き込む風の音と、静かな虫の声が、波のように聞こえていました。

わたしは辺りを見回しました。——部屋の中に、黒猫の姿はありません。

しまった、と思いました。捕まえて、病院に連れて行かなくてはいけなかったんだ。

そして、わたしの家に連れて帰らなくちゃ……。

「月輪」

名前を呼びながら、わたしは立ち上がりました。窓辺に立ち、屋上庭園の方を見たとき――わたしははっとしました。

月の光を受けて、黒猫が踊っているのです。ふらふらと、けれどリズミカルに。誰の耳にも聞こえない曲にあわせて走り、宙に跳《は》ねるように。

わたしは慌てました。具合が悪くなった猫が、痛くて苦しくてもがいているのかと思ったのです。まさにいま、その断末魔の時を迎えているのかと。

けれどそのとき、月の白い光に照らされた屋上を見て、わたしは息を呑みました。

魔法円があったのです。あの黒魔術の本の表紙に描いてあったのと同じ、願い事を叶えてくれる悪魔を呼び出すための、魔法円が。

前足から流れ落ちる赤黒い血と膿。それを使って、猫は魔法円を描いていたのだと、そのときわたしは知りました。あの雨の夜、先輩が階段から落ち、子猫たちが死んだあの夜から今日までの日々のその時間をかけて、猫はそうしていたのだと。

猫はやがて満足げな表情を浮かべて、立ち止まりました。

魔法円のふちに立ち、ゆらりと顔を上げて、空にかかる月を見上げました。

ああ、魔法円が完成したのだな、と、わたしは思いました。

月輪が振り返りました。赤い口が開いて、猫はわたしに向かって、何か一言いいました。

一言、いったと思います。人間の言葉を。


そのあたりのことは、あまりよく覚えていません。わたしはとても疲れていたし、自分が見たと思ったものが現実だったのかどうかも——いまとなってはもうわからないのです。それから時がたつごとに、もうあの頃の記憶自体、あやふやになってしまってもいて。

月輪とは、あの夜以来会っていません。いまではもう、あの猫を待ってあの部屋で留守番をした数日が、夢の中のことのように思えます。何か、漫画や物語の中で起きた出来事のように。

ただ、たしかに現実だったとわかっているのは、その夜、あの月が綺麗だった夜に、柘榴田さんが死んだ、ということです。

晴れていた夜だったのに、急に雲が垂れこめてざあざあと雨が降り、やがて雷《かみなり》が柘榴田さんの家に落ちたのでした。

柘榴田さんの家は火事になり、あっけなく全焼し、家族はみんな死にました。

そのことは当時、テレビのニュースになりましたし、新聞にも載りました。気の毒な天災だった、こんなこともあるんですね、と、アナウンサーがいいました。

「天災というよりも、あれは――」

画面に向かってつぶやきかけて、わたしはそれをやめました。


いまもわたしは思います。――黒猫は、月輪は復讐《ふくしゅう》したのだろうか、と。

そんなことあるわけない、と思います。ええ常識的にいってそうでしょう。猫が本を読むはずがないし、魔法円を描くなんてことするはずがない。そもそも復讐なんて人間みたいなことを考えるはずがないし、それで悪魔が召喚されてくるなんて、まるでリアルな話じゃありません。

けれど――思うのです。晴れていた夜に、雷雲が急に生まれて、雷が落ち、それがたまたま、柘榴田さんの家を直撃するなんて偶然、あるものなんだろうか、と。家一軒を焼くほどの火事になって、でも住宅街の、軒《のき》を接していた、他の家にはわずかも延焼せずに終わるなんて、そんな奇跡、あるものなんだろうか、と。


あれから十年たちました。

わたしはおとなになりました。漫画家にはなれませんでしたが、漫画も本も好きなままで、いまは大きなスーパーの中にある本屋さんに勤めています。担当はコミック。漫画です。

新刊をお客様に紹介するために、ＰＯＰを描いたりすると、うまい、かわいいとみんなに褒めてもらえるので、絵が描けてよかったな、と思います。自分が好きな漫画を、自らの手で、想いを込めて宣伝できることがほんとうに楽しくて、本屋さんに就職できてよかったな、と思うのです。

今日、夜の休憩時間に、バックヤードで、一枚のＰＯＰを描き上げました。小さなポスターも描きました。数日かけて少しずつ描いていたものがようやく完成したのです。ＰＯＰは棚に、ポスターは、お店の、通りに面した側のドアに貼《は》らせてもらおうかな、と思っています。さっき店長に許可をもらいました。

『彗星《すいせい》のように生まれ、そして消えた、
天才少年漫画家ゆうきゆきや。
この夏、その傑作選がついに刊行。
懐かしくあたたかいメルヘンの世界、永久保存版。
大好評予約受付中』

十年前に死んだ先輩が描き残した漫画がまとめられ、今年、美しい装丁の単行本として出版されることになったのです。これはプッシュしなくては、と、コピックを駆使してとびきり素敵なPOPを描いて、わたしは思いました。

「このPOP、先輩に見てほしかったな」

先輩が生きているうちに、POPが描けたらよかったのにな、と思いました。

涙を制服の袖《そで》で拭《ふ》いて、わたしはポスターと両面テープを手に、店の外へと行きました。

空には大きな月がかかっていました。大通りの車の音を聞きながら、わたしはガラスのドアに、ポスターを貼りました。丁寧に、美しく貼りました。

先輩の絵のタッチなら、いまでも真似して描けます。手が覚えているのです。

元気な頃の先輩が、あの頃、連載を持っていた雑誌のために描いた絵を思い出して描きました。『近況』と題して描かれたカット。月輪と子猫たちと、そしてわたしが楽しそうに追いかけっこをしていて、それを笑顔の先輩が机に向かいながら見守っている、その絵。

十年前の夏の、もう帰ってこない情景。

月の光を浴びて、夏の夜風に揺れるポスターを見ながら、わたしは微笑みました。

それでも、先輩の作品はこの世界に残ったのです。単行本には予約だって、どんどん入っています。先輩の描いた優しい世界は、あの頃確かに誰かの心に届いていた。

そしていまも、忘れられてなんかいなかったのでした。

花と緑と光にあふれていた空に近い庭に、わたしはもう行くことはできないけれど、でも、あの場所で先輩が描いていたものたちは失われることなく、いまの世界にも生き続けているのでした。そしてたぶん、これから先の未来にも。

わたしはふと、振り返りました。誰かの視線を感じたような気がして。

夜の街角に、猫がいました。胸元に白い三日月の形の模様がある黒猫は、緑色の目で、わたしが描いたポスターを見ていました。

わたしと目が合うと、すうっと輝く瞳を細めました。笑ったように見えました。

そして猫は身を翻すと、街の夜の闇の中に、溶け込むように消えていったのでした。

‡

店の玄関のドアの外で、かたりと音がしたような気がしました。

ガラス越しに、小さな黒い影が見えます。

わたしとお客様は目と目を見合わせました。わたしはゆっくりとドアに近づき、そっと開けました。

一瞬、見知らぬ黒猫の影が見えたような気がしましたが、まるで黒い風が吹いたように、その姿は夜の闇の中に消えて行ってしまいました。

わたしは空を見上げました。

銀の光を放つ月を。

月輪と呼ばれた猫は、帰る場所を失ったまま、いまもひとりきり生きているのでしょうか。草花に包まれていたという、空に続く庭に帰れないままに、ひとりさすらっているのでしょうか。

空からはただ静かに、月が見下ろしているのでした。昔も、そしていまも、ひとと猫の物語を何もかも見てきた、大きな瞳が。

三分の一の魔法

星に願いを

ラプサンスーチョン

気がつくと、窓の外の空は夕暮れどきの赤い色に染まっていました。東の方の空は夜の青色になりつつあって、どこか瑪瑙《めのう》めいた、美しい色になっていました。

わたしはガラスの窓越《ご》しの空の色にしばし見とれていました。宝石でなければお洒《しゃ》落《れ》なカクテルのような、そんな色合いです。あるいは、上等なカラーインクを混ぜ合わせたような。美しくて美しすぎて——どこか現実ばなれした色合いの。

刻一刻と色を変えていく冬の澄んだ空を見ていると、世界にはいくらも魔法や奇跡が隠れている、それは当たり前のことで疑う必要などかけらもない、そのことのひとつの証明を見せられているようでした。

「綺麗《きれい》な空だねえ」

例によって、突然の登場で、あの旅人風のお客様が、いつのまにかカウンター席の椅子《いす》に腰を下ろして、にこにこと笑っていました。

わたしは肩をすくめ、そうですね、と答えました。

「絵に描《か》きたくなるような、そんな色ですね。久しぶりにカラーインクを使ってみたくなりました」

「うん」

お客様はうなずきました。そうして、

「今日はラプサンスーチョンを」

といいました。

「なんというか、摩訶《まか》不思議な感じのものを飲みたくなってね。――あ、猫舌仕様の熱さでね」

お客様はウインクしました。

わたしは笑って、はい、と答えました。

摩訶不思議な感じ――わかるような気がします。ラプサンスーチョンは、中国の、松の煙《けむり》でいぶした紅茶。なかなかに、一筋縄ではいかない香りがする飲み物でした。

そう、ちょうど、今日の夕方の空の色のように。

「カラーインク、ほとんど手放してしまったので、また買い直そうかな、と思いました」

紅茶の缶を棚《たな》から出しながら、何気なくそういうと、お客様がふと目を上げました。ついいままで上機嫌《じょうきげん》な感じでいたのに、カウンターにほおづえをついてこちらを見上げている、その目はもう笑っていません。

「カラーインク、小さい頃からの宝物じゃなかったかい？」

「ええ。——でも……」

いろんなメーカーのカラーインクを、一本一本集めていました。子どもの頃から画家になるのが夢だったので、お小遣いを貯めては、少しずつ集めていたのでした。水彩や油彩の絵の具と違って、カラーインクは値段が高くて、一度に揃《そろ》えるなんてことができなくて。

憧《あこが》れの美大生になる頃には、インクの瓶《びん》が棚にいくつも並んでいました。年月がたち、さすがに色があせたものもありましたけれど、それなりに味がある色になった気がして、大切に、ちゃんと使ってあげたものでした。

けれど事情があって美大を辞めたとき、ほんのわずかの間だけれど自暴自棄《じぼうじき》になって、集めたインクを手放したことが――といいかけて、あれ、とわたしは首をかしげました。

このお客様はどうして、わたしがカラーインクを集めていたことを知っているのでしょう？

やかんでお湯を沸かそうとしていた手が、ふと止まりました。感情の動きが顔に出たのか、お客様ははっとしたような表情になって、両手を振りました。

「ああ、いや……昔、遠い昔にね、マスターのように絵が好きな女の子の友達がいてね。その子がカラーインクを宝物にしていたんだ。そのことを思い出してね」

「ああ」

わたしは納得しました。絵が好きな女の子なら、カラーインクを宝物として集めることもあるでしょう。よくある話です。

お客様はふうとため息をつき、笑いました。

「俺はその子が絵を描くのを見ているのが好きでね。いや外で何回かスケッチブックを広げるのを見たことがあるくらいなんだが、こんなふうに絵が描けたら楽しいだろうな、といつも思っていて。――だから」

遠い目をしました。

「この指が自由に動かせるようになったとき、まず最初にしたことは、スケッチブックを手に入れて、絵を描く練習を始めることだったんだ」

わたしは何もいわずに、カップとティーポットを、電気ポットのお湯であたためました。お気の毒に、このお客様は、あるいは昔、事故か病気で指が動かなかった時期があったのかもしれない、と思いながら。ひょっとしたら、絵はリハビリのような感じで描き始めたのでしょうか。

「記憶の中に、いつも、あの女の子の絵があってね。ずっとあの絵を目標にして、描いてきたんだ。いまは少しはうまくなったかなあ」

「——わたしごときが評価差し上げるのもおこがましいような気持ちがしますけれど……」

お湯が沸いてきたやかんから、ふわりと白い湯気が立ち上り始めました。

「お客様の絵、わたしはとても好きですよ」

お客様の表情が、ぱあっと明るくなりました。

「そう？」

とてもとても、嬉《うれ》しそうでした。

「ええ」

わたしは答えて、ティーポットの中のお湯を流しにあけ、ティースプーンでお茶の葉をすくって入れました。いぶした松の葉の、どこか魔法めいた香りがつん、と立ち上ります。

お湯を注ぎます。不可思議な香りが店内に立ちこめ、そしてお客様は上機嫌な笑顔で、

「マスターはいまも漫画が好きかい？」

と訊《たず》ねました。

「ええ」

子どもの頃からずっと、漫画は好きです。自分でも簡単なイラストなら描いたりもします。美大は辞めたけれど、日々の暮らしの中で、折に触れさまざまな絵を描くことは続けていましたし、いまも美大生の心は失っていないつもりでした。

「あのさ、売れっ子漫画家が、不思議な奇跡と出会ったって話を、こないだどこかの街で聞いたんだ。それ、ちょっと面白かったんだけど、聞きたいかい？」

はい、とわたしは答え、抽出時間を計るための砂時計をカウンターの上に置きました。

「猫の形をした人形の飾りのついた、古いからくり時計の話なんだよ。——ほら、こんな形をした」

お客様は、スケッチブックを広げました。そこには、古びた大きなからくり時計の絵がありました。

商店街の入り口、アーケードの飾りのように、古めかしいデザインの時計があります。昭和の時代のデザインかな、と思いました。

レトロな感じの丸っこい形と、丸っこい数字。丸い文字盤《もじばん》のそばに、おすわりをした大きな猫の人形がいて、こちらに顔を向けています。半分目を閉じ、長いしっぽを足に巻き付けて、こっくりこっくりとうたた寝をしているようでした。

「その街の、からくり時計には魔法の力があるって言い伝えがあってね。……時計のそばに座っているこの猫、こいつが一日に一度だけ目を覚ます、そのときに願い事をすれば、この猫が願いを叶《かな》えてくれるっていう話なんだ」

「面白いお話ですね」

「ああ、面白い。そして素敵な話さ。楽しい魔法のお話さ。猫の形をしているだけに、魔法の力が備わったんだろう。――でもね、猫の形をしているだけに、この物語にはほんの少し、怖いところもあってねえ……」

お客様は、声を潜《ひそ》めました。

そうして開いたスケッチブックの次の頁《ページ》には、ひとりの子どもの姿がありました。小学生の男の子のようでした。斜めに野球帽をかぶっている様子も、その表情も、どこか昭和の子どもというか、少なくとも、いまよりも少し前の時代の子どものように見えました。

その子は――その子も、スケッチブックを胸に抱いていました。

ぎゅっと抱きしめて、意志の強そうなまなざしで、こちらを見つめています。

「いまから少し前の時代の日本に、ひとりの少年がいました。絵を描くことが何よりも好きな少年でした。

少年にはひとつの夢がありました。どうしても叶えたい大切な夢です。

その夢は――」

お客様は静かに語り始めました。

絵の中の少年、少し昔の時代の熱いまなざしを持つ少年がそこにいる、そんな優しい表情をして。

魔法のような紅茶の香りの中で、やがて、夕暮れどきの店の中に、ひとりの少年の姿が浮かび上がってきたような——そんな気配が立ち上りました。

自動ピアノはいつしか、「星に願いを」を奏《かな》で始めていました。

‡

冬の風が身にしみた。心にもしみた。

落選した。

いやそれはわかってたさ。俺だって。漫画雑誌の新人賞。おとなだって投稿するコンクール。小学五年の俺なんかが出したって、入賞するはずがないって。

でも俺は、早く漫画家になりたかった。

もひとついうと、賞金もほしかった。

俺が小さい頃に父さんが死んじゃっててさ。俺の母さんは一生懸命、昼間も夜も働いて、手なんかがさがさでさ。でも、俺に、

「明《あきら》が元気で幸せなら、母さんがんばれるから」

とか、笑顔でいつもいうわけ。

「明は漫画が上手で大好きなんだから、がんばって夢を叶えて、漫画家になってね」

とかもいう。

俺ね、妹がいるんだけど、妹も、ちっさいくせに、「お兄ちゃんがんばってね」とか、かわいい笑顔でいうんだぞ？　家のことはふたりの仕事なのに、俺に漫画を描かせようとして、ぜんぶ自分ひとりでやっちゃおうとかするんだぜ？　またそれが、小学一年生のくせに段取りがうまくて器用でてきぱきとしててさ、俺より上手に、俺より素早く、家の片付けとか洗濯《せんたく》とか掃除《そうじ》とかできちゃうんだぜ？

俺はね、自分でいうのもなんだけど、絵はうまかった。話を考えるのもまあまあうまいと思う。

そして何よりも、漫画が大好きだった。描くのも読むのも大好きだ。

世の中にこんなに面白くて胸がどきどきするものってない、と思ってた。

剣と魔法の冒険ものは主人公と一緒にその場にいる気分になったし、ギャグ漫画は、涙が出るほど笑い転げながら読んだ。妹が持ってる少女漫画の恋愛ものだってさ、目がでかいなあ、なんて思いながら、ちょっとほっぺた赤くしながら、これはこれでい い、なんてうなずきながら読んでた。少しおとな向けの漫画には、人生や生きること、科学や歴史について教えてもらったりもした。はるかな未来や、遠い古代に憧れる気持ちも教えてもらったりした。

だから俺は――俺も漫画家になりたかった。こんなに素敵でどきどきするものを、俺も描いて、みんなに読んでほしかったんだ。

俺は漫画がうまかった。ああ、まったくそれが俺という人間の唯一の自慢だった。

実際、描いた漫画を友達や先生に見せたら、

「これほんとに明が描いたの？」

って、みんなびっくりしてくれてたんだ。

みんなの驚く顔が見たくて、ほめてほしくて、そしてみんなが俺の描いた漫画で笑ってくれたり、感動してくれたりするのを見るのが好きで、楽しくて、俺は漫画を描き続けた。続きを読みたい、新しいのをっていわれるのが嬉しかった。

最初はノートにえんぴつで描いた。そのうちに、プロの漫画家が描くみたいに、紙にペンで描くようになった。いろんな形のペン先をそろえ、インクや墨《すみ》を買い、スクリーントーンも使ったりして、本格的に仕上げるようになっていった。

でも俺はまだ子どもだから。プロの漫画家みたいにはうまくないから。そんなことわかってた。新人賞なんかに出したって、入選するはずがないって。

頭ではわかってた。でもどこかで夢見ていたんだ。自信があったんだ。いちばん上の賞、大賞が取れる予感がしたんだ。

大賞の賞金は二百万円。そして、担当編集者がついて、デビューもできる。受賞さえすれば、即、漫画家になれるっていうことなんだ。

夢見ていた。受賞の連絡が来ることを。

でも何の連絡もないままに、新人賞の結果発表の号の発売日になった。

重い気持ちで、でももしかしたら、と思い、どきどきしながらその雑誌を買い、震える手で頁をめくり、そして俺は現実を知った。

落選しちまった。

世間の壁《かべ》ってやつは、厚かった。

現実は、残酷《ざんこく》だ。

その雑誌を手に、俺は、学校のそばの土手に寝転がり、空を流れる雲を見ていた。

「あと一歩」のところに名前とタイトルと小さなカットだけ載ってる、俺の作品。大賞二百万円なんてとんでもない、佳作にだって入ってない。

新人賞を受賞すれば、漫画家としてデビューできるはずだった。俺が漫画家になれば、母さんは昼か夜かどっちかの仕事を辞めることができただろう。

大賞の賞金は二百万円。ああ、二百万円。母さんと妹に、どれだけたくさんご馳走《ちそう》を食べさせてやれただろう。あと、ふたりに、洋服とか、女の子が好きなかわいい小物とか、綺麗なものとか、いろいろ買ってあげたかったんだよな。

「ちくしょう」

泣けてきた。冬の風に吹かれながら、歯をくいしばった。

わかってたよ。子どもが漫画の新人賞を取るなんて難しいってことは。もっと大きくなってから出すべきだとかさ。今回もほら、書かれちゃってるよ。「今後に期待」カットのそばに五文字、そえられた言葉。

わかってるよ。でも、いま、俺は金がほしかったんだ。

いま仕事がほしかったんだ。家族のために。


暗くなってから、家に帰った。

母さんは夜の仕事に行っていて、家にいない。でもいつも通り、ふたつの仕事の間に家に帰って、ちゃんと美味《おい》しい夕食を作ってくれている。

鍋《なべ》に入っていたのは、チキンカレーだった。妹がご飯を炊いて、待っていてくれた。トマトとキュウリのサラダも作ってくれていた。

ふたりで手を合わせて、いただきます、をして食べた。

それからふたりでお皿を片付けて、テレビのニュースやアニメを見たりしながら、宿題や明日の準備をした。いつも通りのことだったんだけど、でも、俺の心の中は真っ暗だった。

妹はひいき目で見なくても頭がいい。俺の百倍も賢いってのが、ノートを見ればわかる。きっちりした字で書かれたノート。予習も復習も完璧だ。

そういえばうちの死んだ父さんは、ハンサムな上に秀才だったたって、いまも母さんたまにのろけるものなあ。妹によく似てるって。妹は父さん似なんだろう。みてくれも、頭のなかみも。

こいついい高校とか大学に行ったら、すごい立派な人間になるんじゃないだろうか。でもうちには金がない。母さんは俺たちふたりとも大学まで進学させるっていってるけど、そんなことが可能なのか？

母さん、働きすぎて、死んじゃうんじゃないのか？

昔、父さんも仕事のしすぎで、死んじゃったらしいっていうのに。

(子どもひとりならともかく、ふたりじゃ……)

そう思ったとき、ふと、俺は、片方がいなければ、と思った。

どっちがかって？　いなくなるならそりゃ俺だ。投資する価値があるのは、妹だ。

俺は漫画家志望で、たしかに少しくらいは才能があるとは思うけど、今度のことで、いますぐにデビューできるほど漫画がうまいわけじゃないってことがわかった。

ていうか、デビューできるほど才能があるかどうかわからない、ってことが、今度の落選でわかっちまったんだと思った。

漫画がだめだとしたら、俺には他に何ができるだろう？——何もない。何も浮かばない。成績はよくないし走るのも遅い、おまけに体力も根性もなくて、持久走も最後まで走れたためしがないこの俺に、いったい何ができるっていうんだろう？

（俺、この家にいない方が、家族のためなのかな。

俺、死んじまった方がいいのかなあ）

思ったけれど、どれだけ母さんや妹が泣くかと想像したら、それもできなかった。何より俺自身が怖くてそんなの無理だと思った。

でもそのとき、ふと思い出したんだ。

「三分の一の魔法」のことを。

その夜。夜中の三時に、俺はこっそり家を抜け出して、商店街のからくり時計の下に立った。古めかしいデザインの時計の、その文字盤に寄り添う、半分目を閉じた、大きな猫の人形を見上げていた。自分の息が白く見えた。

ほんとかどうかわからないけど、噂《うわさ》がある。

この古いからくり時計に、夜中の三時三十三分に願い事をすると、眠っている猫が目を覚ます。猫が言葉を聞き届けてくれれば、三分の一の確率で願いが叶う。

ただし願いが叶った場合、三分の一の確率で、三分の一、寿命が縮むのだ、と。

ひとけのない暗い通りに、冷たい風が吹いた。

寿命が縮むのは怖い。でも死ぬよりはましだと思った。それに俺は、もう母さんに苦労をさせたくないんだ。

俺は祈った。頭上の、半分目を閉じた猫の人形に。

次の新人賞でデビューさせてください、と。

三ヶ月後の賞で、今度こそ、受賞を、と。

(もし、三分の一の確率で寿命が三分の一縮むとしても、俺は祈る——)

心に誓ったそのときだった。夜中の三時三十三分、動かない、鳴らない時間のはずのからくり時計に光が灯《とも》り、にぎやかな効果音が鳴り響いた。

華やかな曲にあわせて、時計の文字盤が動く。

そして、猫が目を開いた。

俺と目が合う。明るく光るその目は笑っていた。楽しそうに。

どこかいたずらっぽいような感じに、猫の口元が、笑う。ちらりと白い牙と舌がのぞく。色とりどりに輝く、からくり時計のそばで。

ありえないことだった。真夜中に、商店街のからくり時計が動くはずがない。そもそも、時計のそばの猫の人形が、動いたり笑ったりするはずがない。

けれどぱっちりと目を開いた猫は面白いものを見るようなまなざしで俺を見下ろしていた。いつもは足に巻き付けているしっぽが、ぱたりぱたりと動いている。

俺は怖くなって、猫を見上げたまま、その場に尻餅《しりもち》をついた。

直感で、「してはいけないこと」をしちまった、と、悟ったんだ。体が震えた。

俺は、現実の世界から足を踏《ふ》み外してしまったんだ。魔法が存在するかもしれない代わりに、寿命が縮むかもしれない世界への扉を開いてしまった。

歯ががちがちと鳴った。両足に力が入らない。いますぐに逃げ出して日常の世界に帰りたいのに、足が思うように動かなかった。

そのときだった。

「大丈夫かい？」

優しい男のひとの声がした。

誰《だれ》かの手が、俺を後ろから、そっと、抱き起こしてくれたんだ。

振り返ってそのひとの顔を見たとき、一瞬、ぞっとした。

そのひとは笑みを浮かべていたけれど、青ざめて頰《ほお》がこけていたし、何か怖いものにとりつかれたような、暗い色の目をしていたからだ。

でもそのひとは、どこか懐かしい感じがする男のひとだった。知っているひとのような気がした。なんでかなあ、まるで死んだ父さんみたいだ、と思ったんだ。写真でしか知らないけど、まるで記憶にないけれど、うちの父さんに似てると思った。

そのひとは震える俺に、自動販売機のあつあつの缶コーヒーをご馳走してくれた。真夜中のひとがいない商店街で、俺をそっと、ベンチに座らせてくれた。

そのひとは、自分も俺の隣《となり》に座ると、時計を見上げた。

いまは眠りについたように動かなくなった、古いからくり時計を。

「この時計の猫は、魔法を使うっていうよな」

白い息を吐きながら、なぜか懐かしそうな表情で、そういった。

「三分の一の確率で、願い事が叶うんだっけ。かわりに三分の一の確率で、寿命が三分の一縮む。怖い話だけれど、でも命をかけてもいいほどに大切な願い事って、人間にはあるよなあ」

優しい目は、とても深い感じのまなざしで、俺のことをじっと見つめた。

まなざしと、隣にあるからだが、あたたかかった。


俺はその男のひとに、自分が猫に何を願ったのかという話をした。

漫画の新人賞に落選したことも。優しい母さんやかわいくて賢い妹のことも。

話していうるうちに泣けてきて、怖くて悲しくて泣けてきて、俺は鼻水を垂らしながら、それでも話し続けた。

そのひとは黙って、俺の話を聞いていた。そしてふいに、「どんな作品を出したんだい？」と、新人賞に出した作品のことを聞いてきた。

これこれこういうストーリーで、キャラクターはこうで、ととぎれとぎれに話したら、そのひとは少しの間楽しそうに考えただけで、すらすらと改善案を出してきた。

「その枚数を使うなら、クライマックスにいくまでに、あとひとつ燃えるエピソードがほしいな。それと主人公の性格、今のままだとかっこよすぎじゃないか？

強くてかっこいいんだけどちょっとドジだとか、一見クールなのに実は親切で涙もろいとか、できればそんなふうにしたいな。

でないとあんまり完璧過ぎちゃってさ、読者が感情移入できないだろ？　なあ、自分が読者だとして、そんな完璧超人が主人公の漫画、読みたいと思うかい？　笑ってもまゆひとつ動かさない、失敗してもめげないような超人の冒険物語をさ」

雷《かみなり》が落ちたくらいの衝撃《しょうげき》で、俺はそうだと思った。

すぐにでも家に帰って原稿を描き直したい。

描き直せば、あの原稿は百倍よくなる。もっともっと、面白くなる。絶対に。

「ありがとうございます」

俺が頭を下げると、「いいってことよ」と、男のひとは照れたように笑った。

「がんばれよ、がんばって、きっと、夢を叶えるんだぞ」

親指で、グッドラック、の合図をした。

そして三ヶ月後。俺は、新人賞を受賞した。

落選した原稿を描き直して再投稿したものが、入選したんだ。

大賞じゃなかったけれど、特別努力賞という、がんばった俺のために特別に作ってもらった賞を受賞した。

賞金は十万円。二百万円にはちょっと負けるけれど、でも、俺にも俺の家族にも、十分すぎる大金だった。

家族三人ですき焼きと焼き肉とステーキと天ぷらと、あとケーキもアイスクリームも食べたし、遊園地にも水族館にも遊びに行けた。母さんも妹も喜んでくれた。美味しいものや楽しいことにもだけど、俺の漫画が認められたことを、心の底から、よかったね、と喜んでくれたんだ。

そうして、俺には、その賞を受賞したことをきっかけに、いつでも俺の漫画を読んでくれて相談にのってくれる優しいお兄さん——担当編集者がついた。賞の選考委員だった先輩漫画家たちも、我が子や弟のように、何かと俺をかわいがり、いろんなことを教えてくれるようになった。

そして続いた投稿生活は、いいことがあったり失敗もしたり。何度も落選したりもしたけれど、何くそと挑戦し続けるうちに、いつか幸せに年月が過ぎ、やがて俺は、漫画家になった。

おとなになった俺は、少年漫画の世界では名前を知らない者はいないくらいの、売れっ子漫画家だ。単行本の新刊が出たら、本屋さんの売り上げベストテンの上位に華麗に登場するのは当たり前のこと。作品はアニメ化やゲーム化に映画化もされて、気がつくと、一応はお金持ちというものになっていた。

母さんは先日病気で亡くなってしまったけれど、ここ十数年は、口癖《くちぐせ》が「幸せよ」だったから、俺は少しは親孝行できたんだと思う。

妹は日本と海外の大学院を出て、いまは民間の経済関係の研究所で働いてる。たまにテレビでコメンテーターとかもやってるよ。もちろん、学費は全部俺が出したさ。兄貴だもんな。いまだに結婚してなくて、お兄ちゃんお兄ちゃんって懐いてくるのだけが困ったところか。

そして俺は素敵な彼女と出会い、結婚して、子どももふたりいる。

家族のことは愛してる。仕事が忙しすぎて、仕事場から家になかなか帰れないってことくらいか、不幸なのは？

なんて思っていたら。ある冬何気なく受けた病院の検診で、体の中に悪いものが見つかった。医者がいうには、治療をしても、三分の一の確率で死んじまうんだそうだ。

医者は、働き過ぎですね、と気の毒そうにいった。

真っ白になった頭で、俺はうなずいていた。

ああそうさ、そんなのわかってる。最近ちょっと疲れたかな、具合が悪いなとは思っていた。休んだ方がいいかなとかさ。最近どころじゃないか、ここ数年ずっと思ってはいたんだ。ちょっとくらいはからだを休めた方がいいかな、もう少し寝た方がいいのかもな、って。

――でも、だけど、俺は漫画を描くことが大好きで、昔の俺がそうだったように、読者の子どもたちを喜ばせてやりたくて、俺の描くもので夢中にさせてやりたくて。笑わせたり、どきどきさせたりしてやりたくて。漫画を好きだって思ってほしくて。

だから、眠くても休みたくても描き続けて……。

そのことは後悔していない。神に誓ってもいい、まったく全然後悔なんてしていない。楽しかったよ。楽しかったんだ、いつだって。

でもその日、俺は、ひとりきりで、仕事場のマンションに閉じこもった。さすがに原稿を描く気になれず、机にうつむき、髪をかきむしった。

病気の治療を受けるのが怖かった。ネットで調べたところでは、俺の病気を治すには、大変な手術を受けたり、つらい副作用のある薬を飲んだりしなくてはいけないらしい。それで治るならいいのだけれど、どうも俺の病気の状態はかなり悪いようだった。

もし仕事を休んで、苦しい治療を受けた末に、死んでしまう可能性があるのなら。まだ効果がよくわかっていない治療のせいで、寿命が削られてしまう可能性もあるのなら——。

（いっそ、病気のことは誰にもいわずに、このまま黙って仕事をし続けていった方がいいのかも……）

（三分の一の確率で死ぬなんて——そんなに死ぬ確率が高いのなら、苦しみながら生きるための努力をしても、無駄なような気がする……）

いつか時間がたち、真夜中になっていた。エアコンをつけるのを忘れていたので、部屋はしんと冷えていた。

そのうちに俺は、ふと笑った。思い出したんだ。

三分の一の魔法。そうか。それがついに、やってきたってことなのか、ってね。

子どもの頃の、あの、いまでは夢か現《うつつ》かわからないように思える出来事。

見知らぬ男のひとに励ましてもらった、あの冬の不思議な夜。

俺が昔新人賞を受賞できたのには、魔法の力が働いていたのかな。

考えてみれば、真夜中の三時すぎの、あの不思議なひととの出会いがなければ、俺はきっと新人賞を受賞できなかった。あのひとと出会えた、ということが、もう奇跡で魔法だったんだ。俺はあの日、魔法に救われた。

「三分の一の確率で願い事は叶う。でも三分の一の確率で、寿命が三分の一、削られる――だったかな？」

てことは、もしかして俺はその三分の一の確率のせいで、いまここで、寿命が尽きて死ぬところなのか。

ひょっとして、「いま」が昔の魔法の成就《じょうじゅ》のせいで、三分の一縮んだ寿命のおしまいのところに当たるのか。

そういう、ことなのだろうか。

俺は、久しぶりで、あの商店街に行ってみた。真夜中の人通りのない商店街に。

街灯がぽつぽつと灯るアーケードの、その入り口の門。

しんとした暗がりの中に、古いからくり時計があった。その文字盤のそばにたたずむ猫も、昔見上げたときと同じに、半分目を閉じてそこにいた。——昔と同じ、いや、暗がりの中でもずいぶん古びて見えた。

ああでもそれはきっとお互い様なのだ。俺だってほら、おとなになり、背丈《せたけ》も伸びたかわりに、ずいぶん古びてしまったのだから。

「ありがとよ」

と、俺はからくり時計を見上げていった。あの夜のように白い息を吐いて。

「おかげで、いい人生だったよ」

そのとき、明かりの消えたショーウインドウに映る自分の姿を見て、俺ははっとした。

今更ながら、気づいた。

そこにいる俺は、子ども時代の俺の記憶の中にある、あの「見知らぬ男のひと」そのものだったんだ。あの夜出会った謎《なぞ》のひとだったんだ。

服も、年格好も、乱れた髪も、青ざめ、引きつった笑顔も、暗い目も。

心臓がどきどきと音を立てて鳴った。

やがて、ゆっくりと、俺は、なるほど、と思った。

小学生が描いた漫画を新人賞レベルにまで達するほどに、描きかえさせるためのアドバイスができる。迷わずに瞬時にできる。そんなおとななんて、そのへんにいるわけがない。

もしいるとしたらそれは――……。

「売れっ子少年漫画家の俺じゃなきゃだろう？」

俺は、にやりと笑った。

そうか、あの日、アドバイスをくれたのは、いまの俺、つまり、「未来の俺」だったってわけか。

――待てよ？

「てことは、俺は『過去』にいかなきゃな」

俺は、立ち上がり、からくり時計を見た。

夜中の三時をまわったところだ。

願えば、過去に帰れるのだろう。三分の一の確率で、いまの俺が願う、魔法の願い事は聞きとどけられるのだろう。――いや、この場合、願い事が叶うっていうのは確定だ。何しろ過去の俺は、いまの俺に会っているのだから。

俺は顔の辺りがひやりとするのを感じて、両手で頬をなでた。

「――願いが叶うとして、問題はそのあとだ……」

過去の世界に行ったあと、三分の一の確率で俺の寿命はまた削られる。子どもの頃の魔法と引き替えに、すでに三分の一削られているのかもしれない俺のこの寿命、それがまた残り寿命から三分の一削られてしまうかもしれないってことなわけで……。

「願いが叶ったあと、寿命が完全に尽きて、いまの時代――こちらの世界に帰ってくることもなく、過去の世界で死んじまうって可能性もなくはないんだなあ」

俺は現時点での自分の余命を知らない。

俺は昔、夜中の商店街であのひとと別れたあと、すぐに背を向けて家に走って帰ってしまった。だからそのひとがその後どうなったのか知らないのだ。

「どうなっちまうのかねえ、俺は」

笑えてきた。

でも、それでも、行こうと思った。

「行かなきゃいけない。あの頃の『俺』にあうために」

俺は、背筋を伸ばして、からくり時計を見上げた。

それでも一瞬迷った。――もし俺がいま過去の世界に飛ばなかったら、過去の俺、子どもの頃の俺は、漫画家にならないのかもしれない。

いやきっとなっていなかった。最初の落選で自信も勇気も失って、もう一度新人賞に挑戦なんてする気をなくしていたんじゃないだろうかと思う。けっこうナイーブだったしな。早くいえば怖がりだったから。

漫画家にならなかった俺は、そのあと普通の人生を送っただろう。いまの売れっ子漫画家の生活とは違って、死ぬほど働き過ぎることもなく、つまりひどい病気にもならず、もっと心にゆとりがあって、ずっと健康かもしれない人生を。

その人生で、俺は漫画家にはなっていなくても、他にきっと何か幸せなことを見つけて生きていたんじゃないかな。お金持ちにはなれなくても、名声を手に入れることができなくても――面白い漫画を描いて世に残すことができなくても、それなりに幸せに生きた気がする。そうして自分の手で、家族を幸せにしようと努力したはずだ。

俺が過去に飛ばなければ、過去の俺の運命を変えなければ、もうひとつの人生を俺はたどることができたのか？　きっとそれはそれで幸せだっただろう人生を。

でも俺は、笑顔で首を横に振った。

「俺は、いまの人生が大好きだ。未来を選び直せるとしても、俺は、何度でも漫画家になる」

待ってろ、子ども時代の俺。

おまえの夢を叶えてやる。

俺は、三時三十三分に、時計に祈った。からくり時計の猫に、願い事をした。

そのときになって、ふと思った。

今更のように気づいたんだ。子どもの頃に気づかなかった、おとなになったいまだから気づいたのかもしれない、大事なことを。

三分の一の確率で寿命が縮むかもしれないとしても、考えてみれば、三分の二の確率で、願い事が叶っても、寿命は削られない可能性もあるってことだよな？

あれ？　よく考えてみれば、数字だけ見れば、こっちの方がずいぶん確率が高いじゃないか？

よし、それなら、自分がその側に入る方に賭《か》けてやる。

いっそ、今回の魔法も前回の魔法も、大丈夫な方に賭けてやるぜ。

俺はこの時間旅行から帰ったら病院に行く。きっちりと治療を受けて、どんな運も確率も味方につけて、病気に勝つんだ。そしてもっと、もっともっと漫画を描くんだ。

人間は誰だっていつかは死ぬ。けれど何もせず希望も持たずあきらめて、そのまま死んでしまうなんて、俺はいやだ。そんなの趣味じゃない。

俺は漫画家だ。子どもたちのために、勇気や希望、困難と戦う心のかっこよさをうたった漫画を描いて、描き続けている人気漫画家だ。その俺が、夢ってやつを持たないでどうする？　希望や、戦う気力を持たないでどうするよ？

俺は、負けない。

いままで描いてきた自分の漫画に賭けて、絶対に、負けない。

負けてたまるもんか。

からくり時計の猫の目が開いた。

瞳がくるりと動いて、妖《あや》しくも美しい光を放ちながら、俺を見下ろした。

口元が、昔と同じに、楽しげに、にやりと笑った。

目の前が、まぶしく光った。

気がつくと、そこに、尻餅をついた子どもの後ろ姿が、見えた。

俺は一つ息をして、笑顔になると、その子に手を差しのべた。

「大丈夫かい?」

‡

お客様は、ぱたり、と音を立てて、スケッチブックを閉じました。

お客様の前に置かれたティーカップは、今日は松の葉の濃い緑色。すっかり冷めてしまったお茶からは、ラプサンスーチョンの摩訶不思議な香りが、薄くゆらりと、店中にゆるやかに漂《ただよ》っているのでした。

I Will Be There with You

クリームチーズのサンドイッチ
&ブルーマロウ

白猫白猫、
空駆けておいで

「猫、猫さん。茶白のおじさーん」

わたしは店のドアを開けて、その猫を呼び止めようとしました。

いままさに、店の前を通り過ぎていこうとしていた太った猫は、ぴくりとからだを震わせました。そして、晴れた青空の下、ゆっくりと首だけで振り返ると、やがて、もたもたとした歩みでこちらに戻ってきました。

立春を過ぎ、二月なのに暦《こよみ》のとおりに春めいた午後の日差しはあたたかく、その下を歩み寄ってくる猫は、老いてはいても毛並みをきらきらと輝かせ、銀杏《ぎんなん》のような澄んだ目でこちらを見上げていました。

おじさんっぽい感じの顔は無表情ですが、微妙に足が速まったところや、しっぽがぴんと上がっているところからして、わたしに呼び止められたことは、嬉《うれ》しいことだったようです。足取りが弾《はず》んでいます。長い虎縞《とらじま》のしっぽは、ゆらゆらと揺れています。

店の前に立つわたしの前までたどりつくと、「にゃん」と一声鳴いて、腰を落とし、わたしの顔を見上げました。お愛想なのかほんとに嬉しいのか、のどが鳴っています。

わたしは猫に身をかがめ、人差し指を振って、いいました。

「店のそばにいたんだったら、ちゃんとうちに寄ってくださいね。この頃全然姿を見せないから、心配したじゃないですか。

——昔のトラジャみたいに……」

急にいなくなったかと思いました。

どこかへ旅立ってしまったかと。

猫は何を思うのか、地面に座ったまま、首を伸ばしてわたしの顔を見つめていました。澄んだ瞳と震えるひげが何かいいたそうな様子に見えたのは気のせいでしょうか。

わたしが何もいわずに、手を伸ばして、猫の大きな頭をなでると、猫は銀杏色の目を細めました。

そして後ろ足で立ち上がるようにすると、あたたかな頭を、わたしの手と腕にすり寄せました。ごつごつと強い力で。

人間の言葉でなくても、いいたいことはわかりました。『あなたが大好き』と。

「わかった。わかりましたから」

わたしは笑って、その頭や太った肩をなでてやりながら、ああこれはお客様が来る前に、手を洗って服をはらわないと毛がついちゃってるな、と思いました。

腰に巻いたエプロンに目を落としながら、

「いいクリームチーズがあるから、よかったらちょっとつまんでいきませんか？」

と訊《たず》ねて、そしてふと気がつくと、猫の姿は目の前から消えていました。

「あら」

わたしは体を起こしながら、辺りを見回しました。どこにもいません。どこかの路地にでも入り込んだのでしょうか？　この辺りは商店街の裏側になりますし、近所の店々が置いている植木の鉢やプランターもたくさんありますので、猫の小さな体なら、どこにでも入り込み、身を隠すことができました。

「つれないなあ」

ついつぶやいてしまいます。

さっきはあんなに懐いてくれていたのに、と思うと、いささか釈然《しゃくぜん》としないものがありますが、でもそれが猫というものなのかもしれません。

気ままで気まぐれ。すぐに気が変わる。わたしは猫のことはそこまでよくは知りませんが、少なくとも物語に出てくる猫たちは、いつだってそんな感じでした。

「すぐにどこかにいっちゃうんだなあ」

子どもの頃、わずかな間お友達だったトラジャだって、あんなにわたしのことを大好きみたいだったけれど、あっけなく姿を消してしまったわけですから。

「猫の友情って、当てにならないのかなあ」

そういえば、俗に三年飼っても恩を忘れる、なんていいましたかしら。

わたしは軽くため息をつきながら、店の中へと戻ろうとしました。

日差しは明るいといえど、二月の風は冷えます。猫もうちであたたまっていけばいいのにな、と思いました。

少しだけ気になったのは、さっき、うちの店の前を通り過ぎようとした猫が、最初は、店の中に入ろうとしていたように見えた、ということでした。急ぎ足で楽しげにドアに近づいてきて（ガラスのはめ込まれたドアなので、姿が見えます）、けれど片方の前足を上げたまま、ふいに立ち止まり、そして何を思うのかしばらく首を落として店の前にたたずんでいたかと思うと、やがて身を翻《ひるがえ》して、いってしまおうとしたのでした。

そこをわたしが、店のドアを開けて呼び止めたわけですが――。

「呼び止めなかったら、いっちゃってたのかなあ……」

この頃猫が遊びに来ないことを心配していましたが、今日たまたまわたしが気づいただけで、あんなふうに迷いながら寄るのをやめたことが、実は何回もあったのかもしれない、と、ふと思いました。

「猫ってよくわからない。わたしとあいたくないのかな？」

わたしはあの猫とあいたかったのに。

そうつぶやいたとき、

「猫だって、そりゃあいたかっただろうさ」

しゃがれたあたたかい声がしました。

カウンター席に腰を下ろし、やあ、と片手を上げるのは、いつもの旅人風のお客様です。長い口ひげをいじるようにしながら、

「ああ、ええと、その……猫ってあれだろ？　いつだったか話してくれた、たまに店に寄る猫の話。この頃来なくなったっていう」

「そうです。今日久しぶりに見かけたんですが――すぐにいなくなってしまって」

「それはきっと猫にも事情があったんだよ。マスターとはいまはあいたくないみたいな。やっぱり今日はやめとくかみたいな」

「……嫌われちゃったんでしょうか？」

「いやそうじゃないよ。広海《ひろみ》ちゃんを嫌いになるなんてとんでもない」

「えっ？」

「――とんでもないんじゃないかな、と、俺は思うね。なぜわかるかって？」

にやりとお客様は笑いました。

「それは俺が猫だから――いや猫好きだからだよ」

わたしは笑いました。ほんとうに面白いお客様です。

例によって神出鬼没《しんしゅつきぼつ》な登場に、少しだけ驚きつつ、つい笑ってしまったのは、なぜでしょう、そのとき、あの太った茶白の猫が、このお客様にとても似て見えて、彼がひととしてここにいるような気がしたからでした。

おなかまわりが豊かで、体格が大きいところも似ているのですが、一見きざっぽいのに、話してみると人懐こいところや、旅人風の雰囲気《ふんいき》が似ています。そして、しっぽに入ったしましま模様《もよう》の、その感じが、この方のボーダー柄のシャツの色合いとそっくりで……。

「うん？　マスター、何か可笑《おか》しいことでも？」

長い足を組んで椅子《いす》に座り、ほおづえをついてにやりと笑うその表情が、そのぴんと上がった口ひげと、笑顔の感じが、ほんとうに猫っぽくて。

「いいえいいいえ」

わたしはくすくすと笑いながら、カウンターの中に入りました。いつもより丁寧に手を洗い、レモン水をガラスのピッチャーからお客様に注いで渡しながら、

「今日は何になさいますか？」

訊ねました。

「クリームチーズを……」

「はい」

「ええと、クリームチーズ——そう、チーズサンドイッチを、お願いできるだろう

か？　それに、なんでもいいから美味《おい》しいハーブティーを。花のお茶がいいな。あ、猫舌仕様で」

お客様は長い指で、顎《あご》の辺りをなでるようにして、こほんと咳払いをしました。

「チーズサンドイッチとお花のお茶、猫舌仕様ですね」

わたしは復唱しながら、今日はいいチーズがあるから、チーズサンドは美味しくできるだろうな、と思いました。薄切りのパンに、薄く薄く自家製マヨネーズを伸ばして、バターもほんの少しバターナイフで塗って、軽くブラックペッパーを振ったチーズだけを挟むのです。白いお皿に盛って、ブルーベリーをぱらぱらと添えると色合いも美しくなります。

それだけのメニューなのですが、意外と癖《くせ》になる美味しさなのでした。クリームチーズや薄切りのエダムチーズ、ブルーチーズ、と、その日に使うチーズによって味が変わるのも面白いところです。

お花のお茶は、ブルーマロウにしようかと思いました。今日の青い空の色のように、お湯を注ぐと水の色が青くなるのです。綺麗《きれい》な色なので、お客様のお気に召すでしょう。

お茶とサンドイッチを作る準備をしつつ、茶白猫のおじさんの分のチーズも、少しだけ残しておこうかな、とわたしは思いました。

さっき美味しいチーズがあるといってしまった手前、あとになってあの猫がふらっと立ち寄ってくれたときに、冷蔵庫にもうクリームチーズがないなんて、ちょっといえません。

「さっきの猫の話だけどさ」お客様が、いいました。

「やっぱりその猫はマスターのことを大好きなんだと思うんだよ。だからやつはこの世界のどんな願い事よりも、マスターのそばにいたいと願ってると思うんだ。なぜって、大好きなひとのそばにずっといることが、すべての猫の望みなんだからね」

「そうなんでしょうか？」

うん、と、お客様はうなずきました。

「猫ってえのは、素直じゃないし、照れ屋で天《あま》の邪鬼《じゃく》なところもあるから、犬みたいにはストレートに愛情表現をしないんだけどさ。でも――」

お客様は、ゆっくりと、どこかおごそかな調子の声で誓うようにいいました。

「大好きなひとのそばにいたい。朝はともに起き、昼は足下で遊び、夜は身を寄せ合って眠ることが、猫のいちばんの望みで、願い事で——その願いを叶《かな》えるためなら、なんだってできるのが、猫って生き物なのさ。

それともう一つ——」

お客様は笑いました。

「愛する誰《だれ》かが幸せであるようにという願い。それも世界中の猫の、大切な願い事なんだよ。ほんの子猫のときから、やがて年老いて、魂《たましい》が地上を離れることがあったとしても、猫はずうっと大好きな誰かのことを思い、幸せを祈り続けるのさ」

サンドイッチを作りながら、わたしはお客様の言葉をかみしめていました。

ではトラジャも——子どもの頃、わたしの前から姿を消したあの猫も、ほんとうはわたしのそばにいたかったのでしょうか。そして、わたしの幸せを祈り、いまも……もし天上にあるという世界に行ってしまっているとしても、そこから、地上のわたしの幸せを祈ってくれているのでしょうか。

いまも覚えているトラジャのふんわりとしたあたたかさをふと身近に感じました。

チェシャ猫めいた、ちょっと偉そうな表情も。そして満足そうに細めた、銀杏色の瞳。

トラジャも、茶白のおじさん猫と同じで、銀杏色の目をしていました。よく似た、いっそ同じといいたくなるような、賢くて澄んだ瞳。

どこにいってしまったのでしょう、あの猫は。いなくなる前の日に、子どもだったわたしの顔を、じいっと見つめて、焼き付けるように見つめていた、あの猫は。

わたしのそばを離れたくはなかったのでしょうか。

ふと、トラジャがいなくなったと知った日の、冬の寒い港まであの猫を捜《さが》しに行った日の、胸が潰れるような不安と寂しさが思い出されて、知らずに目に薄く涙が滲《にじ》みました。

その涙と、まざまざと蘇《よみがえ》った心の痛みが自分でも意外で、わたしは驚きました。

何か捜すようなふりをしながら、カウンターの陰《かげ》に身をかがめ、そっとお客様に見えないように、手の甲で目元を押さえ、ひとつ息をしました。

なんとか笑顔になると、ガラスのポットに入れたブルーマロウにお湯を注ぎ、おそろいのガラスのティーカップを添え、サンドイッチのお皿とともに、銀のお盆にのせました。

カウンターを出ると、お客様の前にひとつひとつ置きました。

「猫はたまに旅に出るからね」

なぜか素っ気ない感じで、お客様はいいました。

「誰かとても好きなひとがいたとしても、大切な友達がいたとしても、旅に出なければいけないときもあるんだ。――だからもし、大切な猫がいなくなるようなことがあったとしても、傷つく必要はない。

いつかきっと旅を終えて、戻ってきてくれるはずだからね」

そうしてお客様は、美味しそうにサンドイッチを食べ、青い花のハーブティーを飲みました。

美味しかった、うん、実に、というと、古いスケッチブックを広げました。

「そうそう。こんな話があるよ」

と、いいながら。

「空を飛んで旅する女の子と、白い猫と桜の花のお話でね」

ぱらりと広げられた頁《ページ》には、白い猫を抱いた女の子の絵がありました。大きな猫を大事そうに抱きかかえたその子は、なぜでしょう、目元に涙を浮かべています。

その頭上には薄桃色の桜の花びらが降りかかり、足下には薄桃色の水のように花びらが降り積もっていて、その様子は女の子の涙が水になって溜まっているようにも見えるのでした。

自動ピアノが静かに、美しい曲を奏《かな》で始めました。旅への憧《あこが》れを綴《つづ》るようなそのメロディは、「I Will Be There with You」。白い翼の飛行機に乗ったときに機内放送で流れる曲でした。

お客様にお出ししたブルーマロウのお茶は、ガラスのポットの中で青色に透き通り、機窓から見る空の色のように見えました。

「——わたしは、しろが大好きでした」

優しい、しゃがれた声で、お客様は語り始めました。その声と一緒に、重なり合うようにして、細くかわいらしい女の子の声が、聞こえてきたような気がしました。

スケッチブックに描《か》かれた女の子と、そして白い猫の姿が、幻《まぼろし》のように店の中に浮かび上がってくるような、そんな気がしたのです。

‡

わたしは、しろが大好きでした。

しろは、小学校の近くにある文房具屋さんの猫でした。

文房具屋さんのおばあちゃんと一緒で、ずいぶんお年寄りのおばあちゃん猫だったから、もう毛のつやはなくなっていて、ぱさぱさで。いつだって寝ているばかりで、動くのもよっこいしょ、という感じでした。でも、二つの青い目は宝石みたいにきらきらと綺麗でした。

しろは文房具屋さんのストーブの前の椅子に置かれた座布団《ざぶとん》に、いつも寝ていました。

わたしがお店に行くと、赤いちりめんの首輪の鈴をりんと鳴らして、にゃあと鳴いて顔を上げてくれました。頭をなでるとのどを鳴らしてくれて。

学校で辛《つら》いことがあったわたしが泣いていると、顔をなめてくれました。子猫をなめてあげるみたいな優しい優しい顔をして。青い目を細めて。

『さくらちゃん、泣かないの』

と、いってくれているような気がしました。

わたしのお父さんは、引っ越《こ》しの多い会社につとめていました。お父さんに連れられて、わたしとお母さんは、日本中のいろんな街で暮らしました。お父さんもお母さんも、陽気で明るかったから、どこに住んでも、すぐに友達ができました。どこにいても、いつも笑顔で、楽しそうなひとたちでした。

でも、わたしはふたりの子どもなのに、少しだけそういうのが得意じゃなかったから、引っ越しが辛かったのです。学校にも近所にも友達ができなかったのです。わたしはおしゃべりが得意じゃなくて、走るのも遅くて、かわいい子でもなかったし。だから、その街で友達になってくれたのは、文房具屋さんのしろだけでした。

わたしは絵を描くのが好きだったから、おばあちゃんのお店でしろの絵を描きました。おばあちゃんはひとり暮らしで子どもが好きだったから、わたしが毎日みたいに学校帰りに寄っても、いつでも歓迎してくれました。

わたしがしろを描いて絵を見せると、しろは絵の匂いをかいで、目を細めました。おばあちゃんは、しろには絵がわかるんだってわたしにいってくれました。『上手に描けてるわ』って、喜んでるのよって。

わたしはしろが大好きでした。優しくてあったかくって、わたしのたったひとりの友達のしろが。


でも、わたしの家はまた引っ越すことになりました。わたしの十歳の誕生日に近い、三月の終わりの頃のことでした。桜の花の時季でした。

団地を出る前の日の夕方、わたしは、文房具屋さんに挨拶《あいさつ》にいきました。しろをなでながらおばあちゃんにお別れをいっているうちに涙が止まらなくなりました。

わたしは桜の花が好きでした。自分の名前の花だから。そして桜の咲くこの季節、春に生まれた子どもだったからです。

その街は桜の木の多い街で、いたるところが桜の花に包まれていました。こんなに綺麗で幸せな季節に、どうしてわたしはこんなに悲しくて寂しいんだろうと思いました。もうじき誕生日なのに、世界でたったひとりの友達のしろとお別れするなんて。

すると、椅子に座っていたしろがよろよろと立ち上がって、わたしの肩に手をかけて涙をなめてくれました。『泣かないで』というように。

わたしはいちばん上手に描けたしろの絵を、おばあちゃんとしろにプレゼントしました。おばあちゃんはわたしに、リボンをかけた小さなスケッチブックと、二十四色の絵の具をくれました。

そして、わたしは、さよならをいって、お店を出ようとしました。

そしたらしろが、いつも椅子から動かなかった年取ったしろが、椅子からどさっと降りました。『いかないで』というように、わたしの足にすり寄って、鳴きました。

おばあちゃんが優しい声でいいました。

「しろはさくらちゃんのことが大好きだからねえ。猫だけど、お別れなのがわかるんだろう。この子は年寄りだから、遠い街にいくさくらちゃんには、きっともうあえないってことがわかるんだろうねえ……」

わたしはしゃがみこんで、しろをぎゅうっと抱きしめました。

遠い遠い街に、飛行機に乗って飛んでいくのです。この街にまた戻って来たい、文房具屋さんに来たいけど、おとなにならないと無理だろうと思いました。そのときには、きっともう、しろはいないのです。

「さくらちゃん、幸せにね」

おばあちゃんはそういってくれました。

そうして、おばあちゃんとしろは、いつまでもいつまでもお店の前で見送ってくれました。夕焼け空に桜の花びらが流れる街で、わたしが何度お店を振り返っても、ひとりと一匹は、わたしを見送ってくれていたのです。

空港の周りにも桜の花は咲いていました。空港の中にも桜の花は飾られていました。でも、その街を離れるための飛行機に乗るとき、わたしは泣いていました。お母さんに手を引かれて歩きながら、泣いていました。

たくさん泣いたせいか、わたしは疲れて、飛行機の中で眠ってしまいました。おばあちゃんがくれた小さなスケッチブックと絵の具が入ったリュックサックをひざの上に置いて抱きしめて、そのまま眠ってしまったのです。

『さくらちゃん』

と、誰かが呼んだような気がしました。

目を開けると、ひざの上に置いたリュックサックが開いていて、中に青い光が見えました。ふたつのきらきら光る青い宝石……。

ぽかぽかとあたたかな柔らかい何かが、わたしのひざを踏《ふ》んで、リュックから出てきました。

しろでした。文房具屋さんのしろが、リュックサックから出てきたのです。

わたしを見上げて、かわいい声で、いいました。

『あいたかったから、きちゃった』

青い目を細め、猫の笑顔でにっこり笑って、そして、優しいけどちょっとざらざらしたあたたかな舌で、わたしの顔をなめました。涙をなめてくれました。

『さくらちゃんは泣き虫ねえ』

と、いいながら。

「しろ、しろはどうしてここにいるの？」

わたしは目をこすりながらいいました。

いつのまにリュックに入ったんだろう、猫は飛行機に乗ってもいいんだろうか、と思いました。

『どうしてなのかなあ。さくらちゃんにあいたいと思ったら、ここにいたの。一生懸命思ったから、願い事が叶ったのかもしれないわねえ』

と、しろはいいました。

『おばあちゃんが前にいってたわ。誰でも一生に一度は願い事が叶う魔法が使えるんだよって。猫でもその魔法は使えたのかもね』

そしてしろは、わたしのひざの上に座ると、のどを鳴らしながら、窓の外の空を見ました。

『不思議な景色ねえ。雲がふわふわ』

わたしはしろをなでながらいいました。

「しろの毛みたいだねえ」

窓の外に見える雲は、ふわふわとして、それはどこか、満開の桜の花のようでもありました。

『さくらちゃん、遠い街でも元気でね。泣き虫はおしまいにしないとね。だってわたしはもう、さくらちゃんの涙をなめてあげられないから』

しろは青い目を細めて、そういいました。

「しろは一緒にきてくれないの？」

『うん。わたしはいまだけ。お空の上だけ』

「そんなの寂しいよう。ずっとずっと一緒にいたいよ。たったひとりの友達なのに」

『たったひとりじゃないわよ。さくらちゃんは、素敵な女の子だから。新しい街で、きっと友達ができるから。たくさんたくさんできるから』

「わたしは、素敵な女の子じゃないよ」

『そんなことないわ。勇気を出して、みんなに話しかけてごらんなさいな。わたしにいつも話してくれたみたいに、好きなもののこととか、綺麗なもののこととか、ね』

わたしはうつむいて泣きました。

しろは、わたしの涙をそっとなめました。

『さくらちゃんが泣くと、わたしは悲しくて胸が痛くなるの。心がぎゅっと痛いの。辛くて辛くてたまらない。だからね、さくらちゃん、お願い、泣かないで』

わたしは首を横に振りました。

でも、しろは青い目でわたしの顔を見ていました。

じっと、宝石のような青い瞳で。

わたしは、うなずきました。

「……わたしが泣くと、しろが辛いんだったら、じゃあ、がんばって、泣かないようにしてみる」

『約束ね』

わたしはもう一度うなずきました。そして、窓の外を、しろと一緒に見ました。

光があふれる青い空がどこまでも続いていました。

『さくらちゃん、少し早いけど、十歳のお誕生日おめでとう。これから先の未来に、幸せなことがたくさんありますように』

祈るようにうたうように、しろはいいました。

さくらちゃん、と、誰かが名前を呼びました。

わたしの肩をそっとゆすります。

「飲み物はいかがですか、って」

隣《となり》の席にいた、お母さんでした。

気がつくと、通路に飲み物の載った大きなワゴンがありました。そばに綺麗な客室乗務員さんが立っていて、笑顔でこちらを見ています。

わたしは、目をこすりながら顔を上げ、はっとして、自分のひざの上を見ました。

「しろ――？」

白いものがひざに乗っている、と思ったのは、白い紙でした。

ああやっぱり夢を見ていたんだな、と、わたしはため息をつき、そしてまた、はっとしました。

白い紙は、わたしが描いたしろの絵でした。文房具屋のおばあちゃんにプレゼントしたはずのしろの絵が、なぜか、そこにあったのです。ひざに置いた、リュックの上に乗っていたのです。

わたしはびっくりして、絵を見つめました。

客室乗務員のお姉さんが、わたしの方に身をかがめてきて、まあ、と叫びました。

「あなたが描いた絵なの？　上手ねえ」

わたしが何もいえずにうつむくと、お姉さんは、優しい声でいいました。

「こんなにかわいい猫ちゃんの絵、わたし、見たことがないわ。あなたも猫が大好きなのね。お姉さんもそうなのよ。だからわかるわ。

ねえ、この子の名前はなんていうの？」

わたしは真っ赤になった顔を上げて、お姉さんの方を見ました。お姉さんは優しそうでした。わたしは、勇気を出して答えました。

「……しろ、です」

「しろちゃん。子どもの頃、お姉さんちにいた猫と同じ名前だわ。目が青いのも、おんなじ」

胸がどきどきしました。お姉さんの優しい笑顔は、どこか、しろの笑顔に似ていました。

「綺麗な青い、目なの。宝石みたいな……」

そういいかけて、わたしは、通路の向こうの窓に見える青い空を見つめました。

「……あの空の色みたいな、色なんです」

飛行機が着陸するまでの間、お姉さんは何度も席まできてくれました。飛行機の塗り絵やシールをくれました。キャンディもたくさんくれました。色とりどりの、綺麗で美味しいキャンディでした。そして降りるときに、飛行機の出口のところで、お姉さんはわたしに手を振って、「元気でね」といいました。

わたしはほんの少し涙ぐんで、お父さんに手を引かれながら、お姉さんを見上げました。

お姉さんは明るい笑顔で、いいました。

「お空の上で、またあいましょう」


わたしは飛行機の座席で、目を覚ましました。

子どもの頃のことを思い出しているうちに、懐かしい夢を見ていたようです。

窓に映るわたしの顔は、十九歳。もう大学生になっていたけれど、飛行機は生涯でまだ二度目なので、緊張しています。

絵本のコンテストに出した作品が新人賞を受賞したので、その授賞式に出席するために、飛行機に乗って、大きな街にいくところです。

飛行機は白くて綺麗なジャンボジェット機。離陸するときに、竜が叫ぶような迫力のあるエンジン音が響き渡り、胸がどきどきしました。

白い翼は圧倒的な飛ぶ意志を持つ巨大な生き物のそれのように、地上の呪縛《じゅばく》を振り切って、青空へと飛び立ちました。ふわり、と、魂が揺らぐような、飛翔《ひしょう》感がわたしの体を包みました。

それはどこか魔法じみた、そのとき奇跡が起きたような、そんな感覚でした。夢の中で地を蹴《け》ると空を飛べるような、ほら飛べた、というような。

心が、ほんのわずか、ときめいて軽くなったような気がしました。

それにしても、子どもの頃に見たあの夢は、不思議な夢だったなあ、と思います。ひざに乗っていた老いた白猫のあたたかさや重さがいまも感じられるようでした。

そういえばいまも三月。もうじきにわたしの誕生日です。街には風に乗って、桜の花びらが流れ、空港にはあの日のように桜の花が飾られていました。備え付けのヘッドフォンで聞く機内放送では、桜の歌が流れています。

いまのわたしのひざの上には、子ども用のリュックではなく、使い古したキャンバス地の大きなバッグが乗っていました。バッグは変わったけれど、中に画材が入っているのは同じでした。

そして、心に深い悲しみを抱いているのも同じでした。

わたしはまた友達と別れてしまったのです。

文房具屋さんのしろと別れた春、あれから十年たちました。文房具屋さんのおばあちゃんとは、年賀状の交換をしていました。おばあちゃんの名前としろの名前で届く年賀状。ある年からは、おばあちゃんひとりからくるようになりました。

わたしは新しい街で、少しずつ友達を作れるようになりました。猫のことや絵のことや、大好きなもののことを話していたら、いつのまにか、友達が増えていったのです。

みんなわたしの絵が好きだといってくれました。昔、しろがわたしの絵を見たときみたいに絵を喜んでくれました。みんな、きらきらとした宝石のような目をして、幸せそうに笑ってくれるのです。猫がのどを鳴らすような表情で。綺麗な絵ね、と。

わたしはみんなに喜んでもらうためにたくさんの絵を描きました。そのうちに少しずつ言葉も書きたくなって、わたしは絵本を書くようになりました。

もっともっと絵を描きたくて、綺麗に上手に描きたくて、わたしは美大に進学しました。その頃、お父さんが海外に転勤することになって、わたしはひとりだけ、その街に残ることになったのです。小さな古いアパートでわたしは暮らし、勉強とアルバイトをしながら絵を描きました。

ひとり暮らしをはじめたわたしの家に、ひょこっと迷い込んできた猫がいました。

青い目の白猫でした。一目見て、わたしは文房具屋さんのしろを思い出しました。でもそれはしろよりも若い、雄猫《おす》でした。そしてほっそり痩《や》せていました。

その猫は野良猫なのか薄汚れていました。でも、人懐こくて、わたしと一緒の布団《ふとん》に寝たがりました。わたしが大学やバイトに出かける頃に一緒に外に出て、帰ってくる頃には部屋の扉の前に立っている。一緒に部屋に帰るようになりました。両親と別れてひとりぼっちの暮らしで、その白猫はいつしか大事な友達で、家族になりました。

困ったなあ、とわたしは思いました。このアパートの家賃は格安ですが、ペットを飼ってはいけない決まりでした。大家さんに見つかったら、追い出されてしまいます。両親から仕送りしてもらっているお金と、自分がアルバイトで稼いでいるお金、それで暮らしていくには、とても助かる家賃でした。食べていくためだけではなく、画材や画集を買うためのお金がたいそうかかったのです。

そんなある日、近所の八百屋《やおや》のお兄さんから、その猫の話を聞きました。あの白猫は捨て猫だというのです。この町内に住んでいた一家が引っ越したとき、置き去りにされた猫だと。

「次の家はペットが飼えない家だからってね」

八百屋さんは怒ったようにいいました。

白猫は、かわいそうに思った近所のひとたちに食べ物をもらい、屋根の下や塀《へい》の陰を寝床にしながら生きてきたらしいのです。

「引っ越すまでは、しろちゃんしろちゃん、ってかわいがっていたのにねえ」

わたしの胸はどきんと鳴りました。あの白猫の名前もしろというのです。道理で、と思いました。しろと呼ぶと嬉しそうな顔をして、にゃあと鳴いて振り返る猫だったのです。

これも縁《えん》ってものかなあ、とわたしは思いました。古いアパートの小さな部屋で、二匹目のしろをモデルに絵を描きながら、いいました。

「いま、わたしね、女の子と白い猫のお話を考えているの。とびきりかわいい素敵なお話。

雑誌で募集している、絵本の新人賞に出すつもり」

しろはお気に入りの座布団の上に座って、楽しげな表情で、青い目を細くしていました。

「賞金が百万円なんだって。それがとれたら引っ越ししようかなと思って。

しろもおいで。しろと暮らせるおうちにするから。

約束するよ。ずっと一緒にいよう。わたしはずっとしろのそばにいてあげる。もう、大好きなひととのさよならはいやだものね」

しろは、にゃあ、と一声鳴きました。

『ありがとう』

といったような気がしました。


晩秋、絵本の新人賞の、その締めきりが近くなった頃、わたしは風邪《かぜ》を引いて熱を出しました。外に食べ物を買いに行きたくてもその体力もないくらい。いえ買い物に行く時間があったら、筆をとりたいと思えるほど、わたしは絵を描くことにとりつかれていたのです。

だからわたしは、その夜、しろが帰ってこなかったことに気づかなかったのです。いいえ、気にしないようにしようとしていたのです。朝、ひとりで散歩に出たきりのしろがいつまでたっても帰ってこないことを。

雨が降っていました。静かな、冷たい雨が降りしきる夜でした。

徹夜で仕上げて夜が明けました。その日がコンクールの締めきりの日でした。わたしはよろよろと立ち上がり、原稿を持って、郵便局に出かけました。その帰り道だったのです。道ばたに倒れているしろを見つけたのは。

寒い日でした。雨に濡《ぬ》れたしろは眠っているみたいなのに、冷たい体になっていました。青い目は薄く開いていました。通りすがりの近所のひとが、かわいそうに、といいました。

「きっと、車にひかれたんだねえ」

わたしは冷たく重いしろを抱き上げて、部屋に帰りました。バスタオルで濡れたからだを拭《ふ》いて、いつもそこにいた座布団に寝かせてあげました。でも、しろは動きませんでした。氷のように冷たいまま、横になったままでした。

わたしは思いました。しろを捜しに行けばよかった、と。描きかけの絵本のことなんてほっておいて、帰ってこないしろを捜しに行けばよかったのだ、と。

そうしたら、しろは事故に遭《あ》わなかったかもしれない。車にひかれていたとしても、まだ生きているうちに、助けてあげることができたかもしれない、と。

道に倒れたしろは、わたしのことを冷たい雨の中で呼んだろうかと思いました。

さくらちゃん、助けて、痛いよ、寒いよと呼んだかもしれない、と。

それから一ヶ月たった頃、空に雪がちらつく夕方に、新人賞を主催している出版社から電話がかかってきました。

あなたの作品が大賞をとりました、ついては三月に授賞式を行いますので、この街まできていただけますか、と。

そうして今日、わたしは十年ぶりに飛行機に乗ったのでした。子どもの頃、九歳だった、あの春の日のように。

わたしはバッグからスケッチブックを出しました。何枚も描いたしろの絵。そのいろんな表情や、仕草を描いた絵でした。紙に涙が落ちました。

そのときでした。絵に描かれた白猫が、

『泣かないで』

といったのです。

スケッチブックの上の猫が、ふるっと顔を上げて、わたしを見上げました。

『さくらちゃんが泣いたらぼくの胸が痛いよ。ぼくはもうそばで慰《なぐさ》めてあげられないんだから、さくらちゃん、泣いちゃだめだよ』

「だって、だって、しろが死んだから……」

　話すうちに、涙がこぼれました。

「わたしが、いけなかったから……」

『さくらちゃんは、ひとつも悪いことなんてないよ』

「わたし、約束を守れなかった。ずっと一緒だって約束したのに……」

　たった半年しかいっしょにいられず、それも見捨てるような別れで終わったのです。

『ずっと一緒だよ。あえないときも、一緒だよ。だって、ぼくらは友達だもの』

　しろはスケッチブックから立ち上がり、首を伸ばして、わたしの顔をなめました。

『新人賞、おめでとう。さくらちゃん。きみが絵を描いているのを見ているのが好きだったよ。大好きだったよ』

　そしてしろは、ふふっと笑いました。

『大事なことを伝えられてよかった。一生懸命さくらちゃんにあいたいって思ったから、願い事が叶ったのかな。ああ、それとも一つ。

　少し早いけど、さくらちゃん、お誕生日、おめでとう。

これからもずっと、絵を描いていってね』

わたしはうなずきました。涙をふいて、何度も何度も、うなずいて約束したのです。

ふっと頭が揺れて、目が覚めました。

スケッチブックを見ているうちに、夢を見ていたようです。

しろの夢。夢でもあえてよかったと思いました。目に涙が溜まっていて、わたしはごまかすように指でぬぐい……。

そのときでした。窓の外に、雲の上を駆《か》ける、若い白猫の姿を見たのは。

あれはしろだと思いました。白い猫が光のように輝きながら、空を駆けているのです。

わたしは窓の外の猫を見つめました。まばゆい光の中で猫は楽しそうに駆け回り、そして、ふわふわの雲の上からわたしを見ました。

空の色の瞳で、わたしを見たのです。

白い猫は雲の波の上に立ち、遠ざかっていくわたしを、ずうっと見送っていました。

わたしは、絵を描き続けました。

それがしろとの約束だったから。今度こそ、友達との約束を守ろうと思ったから。

どんなときも、描き続けました。


ゆらりと首が揺れて、わたしは目を覚ましました。……おやおや。どうやら、遠い昔の夢を見ていたようです。

三月、桜の頃、わたしの誕生日が近づいたその頃に、また飛行機に乗ったからでしょうか。

機窓にかすかに映るわたしの顔は、もう立派なおとなです。あれからひとりで何度も飛行機に乗りました。数え切れないくらいに。お化粧もおぼえ、上手になりました。年齢にふさわしいような、それなりによい服も着ています。

そう、あれから二十年もたったのです。

今日のわたしは、新しい仕事の打ち合わせのために、出版社のある遠い街に出かけるところでした。——大切な打ち合わせです。元気を出さないといけません。

わたしはひざの上に置いた白いフェイクファーのバッグからハンカチを出し、そっと目元を押さえました。口角をあげて笑えば、ほら元気が戻ってくる。――少しくらいは。

おとなになってから、悲しいことがあってもそう簡単には泣かないほどに強くなったけれど、別れが悲しいことだけは、やはり変わらないのでした。

この旅に出る少し前に、長いことともに暮らした白猫と別れてきたところでした。

機内放送を聞いているヘッドフォン越しに、静かに飛行機のエンジン音が聞こえます。桜の歌が聞こえるのは、学生時代に乗った、あの飛行機と同じ。でもその座席は、さっきまで夢の中で座っていたジャンボジェット機の座席よりは小さなものでした。

もう、あの日乗ったジャンボ機、ボーイング７４７－４００はわたしの乗る路線では飛ばなくなったのです。四基のエンジンを積んだ美しく巨大な竜のような飛行機は。

絵本作家になってからのわたしは、打ち合わせや取材のために、何度もあの飛行機に乗って旅をしたものでした。

時は流れていきます。文房具屋さんがあった、あの懐かしい街を両親に連れられて離れたあの春、ひとりでは二度とこの街には戻れないと思った子どもの頃のわたしは、いまのわたしを見たらどう思うでしょうか？

そしてしろは。友達だった三匹の白猫は。

三匹目の白猫は、ペットショップに売れ残っていたペルシャ猫でした。おなかをこわして、薄汚れていた白い猫。もうずいぶんと大きくなった、青い目の雄の子猫。「特価品」と書かれた檻《おり》に入った、その猫を、わたしはお店から連れて帰ってきたのでした。それはわたしの三冊目の絵本が出たあと、その印税が銀行の口座に振り込まれた日のことでした。わたしはもう猫と暮らせる部屋に引っ越していました。古いけれど充分に広い、日当たりのよい部屋でした。

しろ、と、わたしはその猫を呼びました。

それからずっと、わたしとしろは一緒でした。仕事がなくて大変だったときも、仕事が増えすぎて疲れたときも、いろんなことに迷い苦しんだときも、しろはいつもそばにいてくれました。励まして慰めてくれました。

しろは遊ぶのが好きな猫でしたけれど、わたしは仕事が忙しいときは、ずっとしろに背を向けて絵を描いていました。

しろは、そんなわたしに、まるでお見舞いか差し入れのように、猫のおもちゃを持ってきてくれました。特にお気に入りは、キャンディの形をした猫薄荷《はっか》入りの小さなおもちゃ。しろへのおみやげにたくさん買ってあったので、徹夜で仕事をしたあとなどは、振り返るとうしろにキャンディの山ができていたりしました。

絵を描く仕事は忙しく、それはありがたいことだったのですが、気がつくとわたしは結婚もしないまま、ずっとひとりでした。なので、わたしとしろは、ふたりきりの家族で友人として、長い時間、ともに暮らしていたのでした。

そう、わたしたちはずっと一緒でした。

でもある日、別れの時が訪れました。

年をとって少しずつ弱っていったしろは、ある日、とうとう食べ物をとらなくなりました。わたしのそばで一日中眠っているようになり、そして、一週間前の昼さがり、眠るように死んでしまったのです。その直前まで、絵を描く合間にわたしが名前を呼ぶ声に応えて、しっぽをぱたりと揺らしてくれていたのに、気がつくと、もう、しろは動かなくなっていたのです。

覚悟はできていました。わたしはしろを抱きしめて、ありがとうを何度もいいました。

覚悟はできていて、それでも泣きました。

わたしはため息をついて、窓の外に続く白い雲の波を見ました。

ふわふわの雲は、幼い日に思ったように、どこか満開の桜の木のよう。そして、三匹目のしろの、あの長く柔らかな毛のようでした。

しろは長生きしました。長く生きてくれました。いい飼い主だった、と、獣医さんにも友人たちにもいわれました。

でも心のどこかで、自分を責めているわたしがいました。

もっとしろと遊んであげればよかった、しろを大事にしてあげればよかった、と。

仕事の合間にしか、しろにかまってやれなかった。仕事が終わるまでは、遊んであげなかった。ずっと背中を向けて、待たせていた。長い綺麗な白い毛だって、手入れが充分にできなくて、よく毛玉を作ってしまっていました。

最後に死なれたときも、死んでいったその瞬間、わたしは絵を描いていて、しろのことを見ていなかったのです。

しろ、寂しかったよね。

仕事をするわたしの背中をじっと見ている青い目が、いまも見えるような気がしました。

空の色は、しろのあの目の色と同じだったからです。

わたしはひざの上に置いた、ふわふわのフェイクファーのバッグを抱きしめました。

わたしが持つにはずいぶんと若向きの、かわいらしいデザインだったのですが、空港の売店で一目見たとき、しろに似ている気がして、つい買ってしまったバッグでした。

ぎゅうっと抱きしめていると、しろを抱きしめているような気がしました。

ごめんね、とつぶやくと、涙がぽろりと、バッグに落ちました。涙は白いファーの上で、丸い粒になって光りました。

そのときでした。腕の中のバッグがくにゃりと動いて、あたたかくずっしりと重くなると、見る間に白いペルシャ猫になったのです。

『さくらちゃん、泣かないで』

と、しろはいいました。

ひざの上に乗って、わたしを見上げて、ふわりと長いしっぽをもたげました。

わたしは、しろを抱きしめました。

「しろ。これが夢でも幻でもいいわ。もう一度、あなたにあいたかったの」

『ぼくもあいたかった。願いが叶って嬉しいよ。一生懸命さくらちゃんにあいたいって思ったからかなあ』

しろは大きな頭を、わたしにこすりつけました。のどを鳴らしながら、あたたかい舌で、顔をなめてくれました。

「しろ、ごめんね。ごめんなさい……」

『なんで謝るの？』

「友達なのに、大事にしてあげなかったから」

『大事にしてもらったよ』

しろは青い目を細めました。

『毎日とても幸せで楽しかったよ。やっとお礼がいえて、ぼくはとても嬉しい。

あのね――』

しろはわたしをじっと見上げました。

『さくらちゃん、大好きだよ。しろはさくらちゃんをずっとずっと大好きだよ。この世界の誰よりも、いっとう好きだよ。そのことを、どうか忘れないでね』

わたしは何もいわずに、しろのふわふわの背中をなでました。ごろごろとのどを鳴らしているあたたかなからだを両手で抱きあげ、抱きしめました。

耳元で、しろがいいました。

『ぼくはお仕事をしているさくらちゃんを見ているのが好きだったよ。だから、これからもがんばってほしいの。……でもね』

声が、少しだけ笑いました。

『たまには仕事ばかりじゃなく、遊んだりもした方がいいと思うよ？』

耳元で、しろのあたたかな鼻息を感じたような気がしました。――わたしははっとして目を開き、自分が腕の中にフェイクファーのバッグを抱きしめていることに気づきました。

幸い隣の席はあいていて、近くにひとがいなかったとはいえ、わたしは周囲を見回して、ちょっとだけ顔を赤くしました。

夢を見ていたのかしら、と思いました。

でもたとえ夢でもしろとあえて、話ができて、よかったと思いました。

「――まあ、猫と会話ができたなんてところが、そもそも夢なのよね」

わたしはくすりと笑いました。はずれかけたQＣ15をかけなおしました。ここ数年、飛行機に乗るときは持参している、ノイズキャンセリング機能のある、大きめのヘッドフォンでした。これを使うと、あら不思議、かき消すように身の回りの雑音が消えるのです。仕事をするときに、集中するためにかけたりもする、便利なヘッドフォンでした。

音が消えてしんとした中に、機内放送の桜の歌が流れます。

窓の外には、青い空の下に、白い雲の海がふわふわとどこまでも続いていました。

空の上で見た三回の猫の夢。白猫たちの夢。

どの夢も、もちろん、ただの夢に過ぎないんだろう、と思いました。だけど、素敵な夢だったなあと思いました。まるで、見えない誰かからの、少し早い誕生日の贈り物みたいに。

わたしの描いたものを喜んでくれる友達の笑顔が見たくて、無数の友人達への贈り物みたいに絵を描き続けてきた自分への、空からのプレゼントのような気がしました。

わたしの頬《ほお》にひとしずくの涙が流れました。悲しいだけではない涙でした。

わたしは微笑《ほほえ》み、涙をふくためにハンカチを探しました。フェイクファーのバッグを開け、そして——わたしの手が止まりました。

古ぼけた、小さなキャンディの形の、猫のおもちゃがあります。

さっき空港で買ったばかりの新しいバッグの中に。

マンションにあるはずの、しろのお気に入りの猫薄荷入りのおもちゃが。


わたしはおもちゃを手のひらに載せ、そうっと握りしめました。

窓の外を見ると、雲海の上を三匹の白猫が駆けているのが見えました。

楽しそうに、飛ぶように、わたしの方へと駆けてきます。

そして、猫たちは空の色の瞳でわたしを見上げました。

白い毛並みに、まばゆい天空の光を浴びながら。

『さくらちゃん、お誕生日おめでとう。ずっとずっと、幸せでいてね。約束だよ』

猫たちの声が、聞こえたような気がしました。

わたしは微笑み、そっとうなずきました。

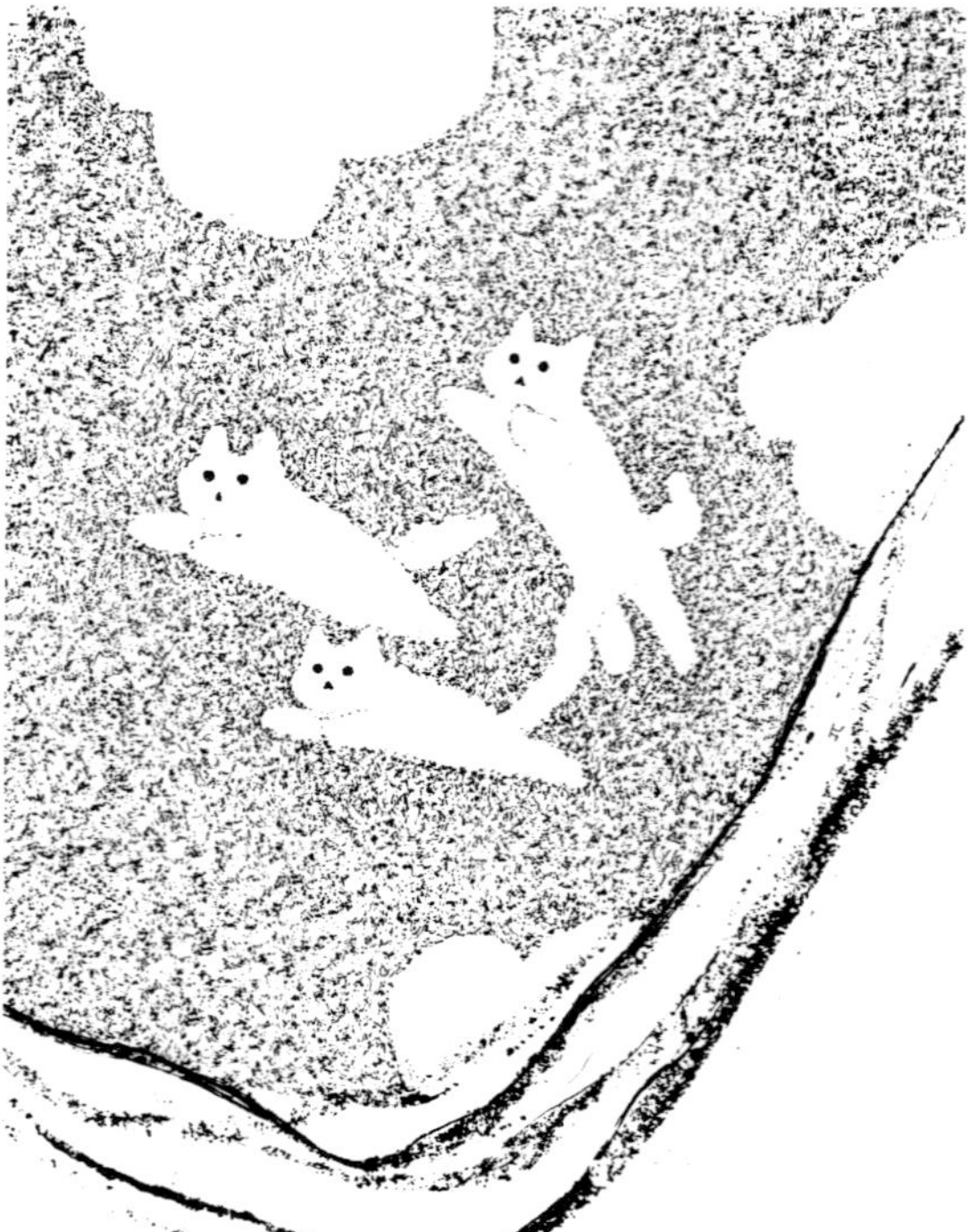

‡

お客様が広げたスケッチブックには、飛行機の窓から外を見る美しい女性の後ろ姿と、そして窓の絵がありました。

描かれていなくても、わたしの目にはそのひとの薄く涙ぐんだ、でも晴れやかな笑顔が見えました。

そして、ブルーマロウのお茶の色に染まった窓の外に、白い雲海を駆ける三匹の白猫たちの姿が、見えるような気がしたのです。

自分の目元に涙が浮かんできたのに気づいて、わたしは慌てて手の甲でそれをぬぐいました。スケッチブックを閉じながら、気遣わしげにこちらを見ているお客様の視線に気づき、笑ってごまかしました。

「お客様、お話も絵も、お上手でいらっしゃるから……」

トラジャのことを、つい思い出していました。

昔に消えてしまった、わたしの猫のことを。

お客様は、なにを思うのか、少しだけ困ったような笑顔になりました。

ふっと軽く息をして、遠くを見るようにしていいました。

「……いつだったか、どこか外国で、旅の途中の猫に出会ったことがあってね」

「旅の途中の、猫ですか？」

「うん」

大まじめな顔で、お客様はうなずきました。

「『猫の国』に行く途中だっていってた。どうしても叶えたい願い事があるからって。その国は、魔法を使う猫たちがすむ王国でね。猫がその国に行けば、どんな夢も希望も叶うんだそうだ」

「猫が、そういったんですか？」

「うん」

わたしはくすりと笑いました。なにかまたかわいらしいお話でも始まるのかと思ったのです。

「旅の猫の願い事って、何だったんでしょう？」

わたしが聞くと、お客様はスケッチブックは閉じたままで、静かに言葉を続けました。

「人間になりたいっていってたな。その魔法を覚えるために、猫の国をめざしてるんだってさ」

「その夢は叶ったんでしょうか？」

「――さあね」

お客様は、床に視線を落として、ゆるく首を振りました。椅子から立ち上がりながら、

「でもきっといつかその国にたどりつくっていってたよ。でないと帰りたい場所に帰れないからってね。夢を叶えて、寂しがり屋で泣き虫の友達のところに、一刻も早く帰らなきゃいけないから、って。大好きな友達を故郷の街に置いてきた、こうしている間も、ひとりぼっちのあの子は泣いているかもしれないから、ってさ」

わたしを振り返り、柔らかな笑顔で微笑みました。

「猫にとっては、大事な友達の涙ほど、悲しいものはないからね」

その猫とは作りたての鰯《いわし》のサンドイッチを分け合って食べた、猫舌には熱かったけれど丸ごとの鰯は実に旨《うま》かった、互いに旅の無事を祈りあいながら港町で別れたんだ

よ、と、お客様は童話のようなお話を続け、そして、「じゃあね」と、片手を上げて、どこかへ帰って行ったのでした。

わたしはお客様が帰った後のカウンターを拭き、ティーカップとお皿を片づけながら、トラジャのことを思いました。窓越しに見える空を見上げながら、トラジャもまた旅人になったのならいいなあと思いました。

子どもの頃に何度も想像したように、道の端《はし》やどこかの家の軒下《のきした》で息絶えたのではなく、それこそ猫の国へでも旅立ってくれたのならよかったなあ、と。

そしていまも——どこかの街の空の下で元気で生きていてくれればいいのに。

旅人として。

わたしは軽く笑い、カウンターを勢いよく磨《みが》き上げました。

四季、冬の第二楽章
アップルエード
&キリマンジャロ

猫姫様

とうに立春を過ぎ、じきに三月、そろそろほんとうの春が近いはずなのに、まるで冬が帰ってきたように、冷たい風がたまに吹きすぎる、そんな午後のことでした。

お客様から熱いアップルエードを注文していただいて、わたしはそのよい匂いのする飲み物をこしらえていました。青森の知人の農園から今年も届いたりんごジュースを琺瑯《ほうろう》の鍋《なべ》であたためて、それにクローブやシナモンをいれ、蜂蜜《はちみつ》で甘くします。少しだけ絞った生姜《しょうが》とバターを加えるのが、うちの店風のレシピでした。

耐熱ガラスの細いグラスに注ぐと、よい香りの白い湯気がふわりと立ち上りました。缶詰の赤いチェリーをひとつ、ころんと底に沈めてお出しします。

ひかりさんという名前のお客様は、見た目は女子大生のようなのに一児のママ。週に一度、幼稚園の年長さんの男の子、ひかるくんの電子オルガン教室のお迎えの前に、いつもこのお店に寄ってくださるのでした。

「まあ、チェリーが冬の夕暮れの太陽みたい」

グラスをそっとゆらしながら、ひかりさんは嬉《うれ》しそうな声でいいました。お名前の通りに、明るい声と笑顔のひとで、わたしはこの方が好きでした。

本好きで、司書の資格を持っていて、実は童話作家志望でもある（と、先日、頰《ほお》を染めてそっと教えてくださいました）というこのお客様と、お茶をお出ししながら、本や雑貨、園芸のお話をするのは楽しいことでした。

いつも朗《ほが》らか、会話が上手で、他のお客様のどなたとでも仲良くお話ができる方で、このひとの笑顔があると場が明るくなるのです。

うちの店の中だけでなく、きっとこのひとはどこにいてもこうでらっしゃるのだろうなあ、と、わたしは想像していました。

幼稚園ではペープサートという紙のお人形を使ったお芝居をするサークルを他の保護者の方たちと楽しんでいるのだそうで、自分がシナリオを担当しているのだと、ちょっとだけ自慢そうにおっしゃったことがあります。

いま自動ピアノが演奏しているのは、「四季」の「冬」、その第二楽章でした。耳に馴染《なじ》んだあたたかく楽しげなメロディが、ひかりさんの雰囲気《ふんいき》にあっていました。

と、ドアのベルを鳴らして、あの謎《なぞ》の多い、旅人風のお客様が姿を現しました。

「こんにちは、マスター。キリマンジャロひとつ、お願い。例によって猫舌仕様で」

そういうと、お客様はいつもの通りにカウンター席に腰を下ろしました。

「春が近いはずなのに、今日の風は冷たいねえ」

ため息交じりにつぶやきます。

「猫の国に帰るために、風に乗って飛ぼうとする猫たちが、いっぱいうろついているような、そんな風がびゅんびゅん吹いてやがる……」

「猫の国、ですか？」

ひかりさんの耳がぴくんと動いたのが見えるような気がしました。

「わたし、猫と猫のお話が好きなんです。世界のどこかに、猫たちが暮らす魔法の王国があるって伝説があるんですよね。猫は風に乗ってその国に帰るんですか？」

テーブル席から、半身をひねるようにして振り返って、ひかりさんはカウンター席の謎のお客様に話しかけます。

お客様はうなずきました。

「猫の国にすんでいる猫は、みんな魔法が使えるからね。風の魔法を使って、遠い北の国に帰ったり、国から出てきたりするんだよ」

　そうして低い声でつぶやきました。

「その国の生まれじゃあない、魔法が使えない猫は、その国に行くのも帰るのも、自分の足で歩いて行くしかないんだけどね……」

　ひかりさんは、興味深げにうなずきました。

　目がきらきらとしています。

　わたしは笑って、

「情景を想像すると、かわいくて素敵ですよね」

　冬の薄水色の空の下、透明な速い風に乗って、遠くにあるという猫の国を目指す猫たち。なんてかわいらしい。

　ふと、思い出しました。

「わたし、子どもの頃、すごく好きだったおとぎ話があるんです。猫とお姫様のお話なんですが、いま思うと、その猫の国の伝説のことも、ちらっと出てくるお話だったんですよね」

その童話はクリスマスにサンタさんからもらったものでした。幼稚園の頃のことです。

あの頃のわたしには、少しだけお姉さん向けの本だったのですが、絵がかわいらしかったこともあって、何度も飽きずに読みました。しまいには、お話を一言一句覚えて、そらで話せるようにもなってしまいました。

「わたし、猫が昔から好きなんですけど、たぶんきっかけが、その絵本なんですよね。出てくる猫がとても素敵で大好きだったんです。何しろ、猫の王子様だったんですよ。かわいくて賢い上に魔法も使える猫なんです」

そんな話を、キリマンジャロのコーヒーをいれながら、何気なく話したら、旅人風のお客様が、いいました。

「そのお話、聞かせてくれないかなあ」

「えっ」

「わたしも聞きたいなあ。どんなお話だったんですか？」

ひかりさんもおっしゃいます。

わたしは困ったなあ、と思いました。

けれどそのうちに、自分自身が、小さい頃好きだったお話のことを、どれくらい覚えているのか知りたくなって——そのお話が懐かしくなって、語りはじめました。

‡

昔々、世界にまだ魔法や奇跡がいくらもあふれ、蝶のはねを持つ妖精たちがそこらの花や木の間を飛び交い、たくさん暮らしていた頃のお話です。

遠い北の方にあった大きな国、それはオーロラが揺れる空の下に広がる、黒い森に包まれた、古く立派な王国だったのですが、その国に、それはそれは美しいお姫様がおりました。

お姫様のお母様であるお后様《きさき》は、早くに病《やまい》で亡くなってしまっていて、いらっしゃらなかったのですが、慈悲深く優しいお父様の王様や国のひとたちみんなに愛されて、お姫様は、幸せに暮らしていたのでした。

ある冬の夜のことでした。

お姫様は、どこからともなく、誰《だれ》かの悲しい声が聞こえたような気がして、目を覚ましました。

大きなお城の中の、長い廊下といくつもの部屋の奥にあるお姫様の部屋。広い広い部屋のその奥の、幾重《いくえ》もの霧のようなレースのカーテンに覆《おお》われた、天蓋《てんがい》付きのベッドに眠っていても、その声は、お姫様の耳に届いたのです。

か細い小さな声だったのに、まるで細い銀の針で心を刺されたように、気になりました。

声は中庭のほうから聞こえたようでした。

お姫様はふわふわの真綿でできた柔らかな寝間着の上に、白鳥の羽根飾りの付いた長いガウンを羽織《はお》って、ベッドを出ました。

外には雪が積もっていて、それを満月が静かに照らしていました。

冷たい風は身を切るようでしたが、お姫様はバルコニーの階段を下り、庭を歩きました。気持ちが焦《あせ》って、室内履《ば》きのまま出てきてしまいました。

とてもとても寒い夜のことです。

お姫様の真珠《しんじゅ》のぬいとりのある白い室内履きも、たちまちのうちに雪で濡《ぬ》れて、凍り付きました。

冷たさが刃物で切るように、お姫様のほっそりとした足を突き刺しましたが、お姫様にはどうしても、あたたかな部屋に戻って眠ることができませんでした。

声は、悲しい、とても寂しい、そんな響きだったように思えたのです。ひとりぼっちの誰かが、助けを求めて泣いている――そんな声だった、とお姫様は思いました。

お城の広い敷地の中の、いくつもの建物の下を通り過ぎ、月の光とあちらこちらに灯《とも》されたたいまつの火の下をくぐり、白い息を吐きながら、お姫様は歩きました。

たどりついた中庭のはずれ、雪に埋もれた白い薔薇《ばら》の木の茂みの下に、薄汚れた長い毛の子猫が一匹、お姫様を見上げて鳴きました。

「かわいそうな子猫さん。さっき聞こえたあの声は、どうやらあなたの声だったのね」

お姫様は、ささやきました。

子猫は疲れ果てて傷ついていました。

目は膿《う》んで、まるで蠟《ろう》でかためたよう、鼻からはいやな色の鼻水が流れています。

重い病気のようでした。小さな体は紙のように薄く痩《や》せて、風に吹かれたら飛んでゆきそう。今にも死にそうな様子でした。

その上に子猫は、汚れた灰色の長い毛が、薔薇の枝にからみつき、ひとりでは一歩も歩けないような哀《あわ》れな有様になっていたのでした。

お姫様は、中庭の冷たい雪の上に身をかがめ、そっと子猫を抱きしめました。薔薇のとげで自分の白い指が傷つくのも気にせずに、子猫の長い毛を薔薇の枝から丁寧に外し、やがて、その小さな体をすくいあげました。

長く白いガウンが、美しい寝間着が、泥と雪で汚れましたけれど、そんなことまるで気になりませんでした。ただ嬉しそうにのどを鳴らす小さな生き物が、もうこれ以上冷たい風にふれないように、寝間着の胸元に抱きしめて、そっとそっと柔らかな宝物を運ぶように、急いで部屋に戻ったのでした。

それから何日も何夜もかけて、お姫様は、子猫の傷を手当てし、病を癒《いや》してあげました。

自分の部屋に、白樺《しらかば》の皮で編み、羊毛の毛布を敷いた、子猫のためのかわいらしい寝床を置き、自分の手で世話をしてあげたのです。

お姫様は薬草のことを知っていました。その育て方と使い方、薬の作り方を。お城のばあややじいやたちから聞いて覚えた知恵と、お城の図書館にある本を読んで身につけた知識を持っていたのです。バルコニーや植物園には、小さな薬草園だって持っていて、いつも自分で世話していました。

お姫様は小さい頃から、お城の中で幸せに暮らしているのは悪いことのような気がしていました。いつか誰か苦しんでいるひとを助けられたらいいなと思って、ひとりで勉強をしていたのでした。

お姫様の国は、古く大きな国であっても、その歴史と釣り合うほどには、豊かな国ではなかったのでした。

北の国の冬は、いつも凍り付くようです。寒い冬が来るごとに、からだが弱り、病で死ぬひとが出ます。そんなときお姫様は、いつの日か自分が育てているこの小さな薬草たちが、誰かの命を救うことができますようにと、そっと神様に願いをかけるのでした。

貧しいひとたちは、薬草を買いたくても、それを買うお金もないと聞いたことがあります。そういうひとたちを救う術《すべ》はないのでしょうか。

小さな頃にお母様を亡くしたお姫様は、そのひとのことをよくは覚えていません。ただお別れしたそのときもそれからの今日までの日々も、自分が悲しくて寂しいということは、いつも感じていました。

同じ寂しさは、お父様である国王様も、抱《かか》えているようでした。そして、かたちは多少ちがっても、お城のひとたちも、王国のみんなも、寂しさを抱えているようで、だからお姫様は、自分の小さな手で、こんな悲しいことをどうにかして終わりにできたらいいのに、と願ってしまうのでした。心の傷を手当てすることができたら、と。それができないならば、せめて病を癒す薬を作りたいと。


灰色の子猫は、元気になると、輝くような銀色の猫になりました。

そうして、春のある日、いまはぱっちりと開いた、緑色の宝石のような目で、お姫様を見つめて、「ありがとう」と、人間の言葉でお礼をいいました。

そして子猫は、長い毛並みをなびかせ、風のように駆《か》け去って、お姫様の前から姿を消してしまったのです。銀色の小さな猫は、お城からいなくなり、広い王国のどこにもいなくなってしまったのでした。まるで、あの小さな猫がお城で暮らした日々が、夢か幻《まぼろし》であったように。

お姫様は部屋に残された、白樺の小さな寝床を見て、ひとつ寂しいため息をつき、それから微笑《ほほえ》みました。窓の外の水色の空を見上げて、

「元気になったのはとてもよいことだわ」

と、いいました。

空には、白い鳥の翼のような形の雲が、うっすらとなびき、風に流れてゆきました。あの不思議な子猫がどこに行ったにしろ、無事に旅をして行ってくれればいいのだ、と思いました。


その次の年の秋、お姫様に新しいお母様ができることになりました。お父様である王様が、お城に新しいお后様を迎えることになさったのです。遠い異国からきたそのひとは、とても美しく、聡明で、素敵な女性のように見えて、王国の人々は、みな、その結婚を喜びました。

誰よりも、お姫様が、新しいお母様ができることを、喜んでいたのです。

ところが実は、その女性は、悪い魔女だったのです。

魔女はたちまちのうちに、魔法で、お父様をはじめとする城中の人たちを、あやつり人形のようにしてしまいました。みんな魔女の言葉の通りに動き、魔女が命じるままに、笑い、泣き、怒ります。うたったり踊《おど》ったり、互いに殴り合ったりもします。

けれど、お姫様だけは、その魔法にかかりませんでした。邪悪な魔法に染まらないほどに、心が清らかだったからでした。

魔女はそのことが憎くて憎くてたまりませんでした。お姫様が心と同じに美しい姿をしているのも、気に入りませんでした。

だから魔女は、お姫様に、ひとの手でははずすことのできない、みにくい呪《のろ》いの仮面をかぶせました。そうして城の高い塔に閉じこめてしまったのでした。

お姫様は、高い塔の暗い部屋で、ひとりで泣きました。何日も泣き続けました。

「もう二度とわたしには、ここから外に出ることはできないのだわ」

高い塔の上の、固い寝台しかない部屋には、冷たい鉄の扉があって、その扉は、どうしたって開きませんでした。たとえ開けられたとしても、お城にいる人々はみんな魔法にかけられています。ここから逃がしてはくれないでしょう。

魔女から取り上げられた、美しい衣装や美味《おい》しい食事は惜しくありませんでした。たくさんの本も筆記具も紙も、部屋に置いていたお気に入りの手芸の道具も絵も楽器も、あきらめました。

ただ、自分が失った自由だけが、命と引きかえてもいいほどに、欲しいと思いました。

お姫様をあざわらうように、お城では魔女が、舞踏会を夜ごとに開いていました。にぎやかな楽の音が、風に乗って、城のはずれにある高い塔にまで聞こえました。高い塔の上の部屋には、吹きさらしの冷たい風が吹き込む、四角い窓がありました。そこから降りるには地面まで遠すぎて、身を乗り出すには、小さすぎる窓。

お姫様は、毎日、その窓から外を見ていました。朝の空も昼の日差しも、夜の月も。冬の風に身をさらして震えながら、ただ憧《あこが》れるように、四角い空を見上げていたのでした。

一日に一度、扉の隙間《すきま》から差し入れられる、乾いたパンといつ搾《しぼ》ったものかわからないミルクを飲んで命をつなぎ、ただ寝台に腰を下ろして、空だけを見て生きていたのでした。

するとある夜明けに、誰も来られないはずの地上から遠い窓辺に、あの銀色の子猫がやってきて、こういったのです。

「ああ、お姫様。かわいそうに」

猫は、かろやかにお姫様のそばに降り立ちました。

不思議な猫は、いいました。

「ぼくは遠い山の向こうにある猫の国の王子なのです。修行のための旅の途中、もう少しで倒れそうになっていたときに、あなたに助けてもらいました。

報告のために一度国に帰ったものの、ご恩は、きっと返そうと思っていたのです。

今こそ、そのときです。

ぼくには三つの願いを叶《かな》える魔法の力があります。その力で、あなたを助けてあげましょう」

猫の王子は、お姫様の手に、その銀色の前足をかけると、一つ目の願い事を唱えました。

「あなたがぼくを、とげだらけの薔薇の茂みから助け出してくれたように、あなたがこの暗い塔を離れ、自由の身になれますように」

お姫様は、ふわりと澄んだ風に吹き上げられたような気がしました。

そうして気がつくと、お姫様はもう、塔の中にはいませんでした。

氷混じりの風が吹きわたる、どこか知らない場所にある、明るい丘の上に立っていたのでした。

お姫様は辺りを見回しました。

遠くに、懐かしいお城が見えました。指でつまめるほどに小さく遠く見えましたけれど、自分が生まれ育ったお城ですからわかります。ついいままで自分が閉じ込められていた高い塔の影が、冬空にはるばるとたなびく雲の下に見えました。

高い響きの笛の音のように風の音が駆けぬける丘の上から、お姫様は痛む胸を抱いて、遠いお城を見つめました。

おそらくはここは、お城からはずいぶんと遠い場所、近くには町も村もないような、王国の外れだろうと思いました。こんな遠くまで、きたことはありませんでした。いいえ、そもそも、お姫様は、ひとりではお城から出たことだってなかったのです。つい足元にあった城下町にさえ、いったことがなかったのです。風にのってきこえるかすかな街のにぎわいに耳をすませ、その暮らしを想像してみるだけでした。

銀色の子猫は、お姫様を慰《なぐさ》めようとするように、そっとその足に身を寄せました。

「これくらい遠くなら、あの悪い魔女の魔法の力も届きません。どうか安心してください」

「ありがとう。猫の王子様」

お姫様は、その小さな頭をなでました。

猫の王子は、お姫様を見上げると、おごそかにいいました。

「二つ目の願い事。あなたがぼくにあたたかく柔らかな寝床を与えてくれたように、あなたにあたたかな家とやすらぎの場所が与えられますように」

丘の上に、かわいらしい家が建ちました。

真冬なのに、咲き乱れるたくさんの花に覆われた、小さく愛らしい家でした。

真紅の薔薇があります。白いマーガレットが。かわいい忘れな草が。赤と青のサルビアも小さな炎のようにあちらこちらに咲いていて、頭上にはよい香りのりんごの花。

つまりは季節に関係なしに美しい花々が咲きみだれているのでした。

猫の王子は、お姫様の前に立って歩き、家の中に迎え入れました。

暖炉《だんろ》にはぱちぱちと音を立ててあたたかな火が燃えていて、床にはふわりとした敷物が敷かれ、ベッドには綺麗な刺繍《ししゅう》の入った、絹のカバーに包まれた、ふかふかの羽ぶとんがかかっていました。

台所には焼き上がったばかりの香ばしい匂いのするパンがかごに入って置かれています。色とりどりの果物や野菜もあふれるほどにテーブルに置かれていて、塩漬け肉や魚や、丸焼きの鶏が、ぴかぴかの白い大皿の上に、山ほど用意してありました。

銀のうつわに入った金色のスープからはよい匂いがして、湯気が上がっていました。宝石のようなお菓子も、よい香りのお茶も、美しい器に入って並んでいます。

塔の中の暮らしで、疲れ切っていたお姫様は、ただ細い両手を胸の前であわせて、家の中のものたちを見つめるだけでした。

猫の王子は、ふと顔を伏せて、いいました。

「あと一つ、ぼくには願い事をすることができます。その願いで、忌々《いまいま》しい呪いの仮面をはずしてあげましょう。

でも、三つ目の願い事をすると、それでぼくの命は終わってしまいます。

さようならです、お姫様」

「いいえ、いいの」と、お姫様はいいました。

猫を抱きあげ抱きしめて、心の底から、いいました。

「大好きなお友達。その言葉だけで、わたしは幸せです。あなたが死んでしまうくらいなら、わたしはこのままにしておいて」

猫の王子は、深いため息をつきました。

「わかりました。優しいお姫様。それではせめてぼくは、ずっとあなたのそばにいて、この身をかけてあなたを助け、あなたのことを守りましょう」


それからお姫様と猫の王子は、丘の上の家で暮らしました。

猫の王子はお姫様に頼まれて、木の実や魚をとってきました。

ナイフや草の葉や木の皮、塩や調味料をどこからともなくくわえてきました。

お姫様は、魚で料理を作り、木の実でジャムを作り、木の皮を裂《さ》いてさらして編んで、自分が着るための服を作りました。

もちろんそれまでは働いたことのなかったお姫様です。見よう見まねと過去に本で得た知識でなんとかしようとしましたが、なかなかうまくいくものでもありません。最初は失敗もしましたけれど、猫の王子がそばにいて励ましてくれたので、お姫様はがんばることができました。

そしてそれは、楽しいことだったのです。お城で綺麗《きれい》なドレスを着て、楽器を弾《はじ》いているよりも、あたたかな部屋で刺繍を習っているよりも、慣れないナイフで魚を開き、塩をして冬の風に当てて干す方が面白いとお姫様は思いました。

それでも、風が吹き渡る、人里離れた丘の上の家で暮らし、ひとりで眠ることは、慣れない寂しいことではありました。

けれどいつもそばに猫の王子がいました。

王子を胸元に抱きしめて、そのごろごろと鳴るのどの音や呼吸の音を聞き、あたたかく小さな体を抱いていれば、どんなに寒い夜も、微笑んで眠ることができました。

冬が過ぎて、春になった頃、お姫様は、猫の王子に、「薬草の種がほしい」とたのみました。

猫の王子は風のように森や野を駆けて、いろんな形の種を集めてきました。

お姫様は、丘の土を耕すと、その種を蒔《ま》きました。

「ねえ猫の王子様。お城にいる頃、わたしの国では、貧しいためにお薬を買えないひとがたくさんいると聞いたことがあるの。

そんなひとたちに、薬を届けることができたらどんなにいいかしら。

手伝ってくださる？」

「もちろんです。優しいお姫様」


お姫様と猫の王子は、大事に薬草を育てました。

そうして、やがて育った薬草を刈り取り、干し、それを鍋で煮て、さまざまな薬を作ると、猫の王子が街へ配りにいきました。

魔女が城をのっとって以来、寒い北の国は、さらに冷たい風が吹く国になっていました。

貧しい人々の暮らしは、とても苦しいものになっていました。

猫の王子は、窓越《ご》しにそういう人々の暮らしを見て、咳こむ子どもや、お年寄りのいる家を見つけると、そっと窓辺に薬を置いてくるのでした。

そしてまた猫は、数日して同じ家に行き、病んでいた人々が元気になっている様子を見ると、お姫様にその情景を話してあげるのでした。

ふたりは幸せそうにしている街の人々の話を、丘の上の家でなんども繰り返し話して聞いて、あきるということがありませんでした。

お姫様の顔はいまもみにくい呪いの仮面に覆われたままですが、猫の王子には、仮面の下の美しい微笑みが見えていました。

そうしてお姫様も、自分がそういう呪われた姿になっているということを、一日のうちいくらかの時間は忘れることができるようになっていました。

丘の上の家で、大好きな友達とふたり暮らしていられて、そうして自分のしていることが、ささやかでも街の人々を幸せにしている……それがわかっているお姫様には、もうなにもほしいものはなかったのです。

一方、街の人々は、窓辺にそっと置かれている薬を見るたびに、

「これはどんな天使が自分たちのことを見守ってくださっているのだろう」と、喜び

に心を震わせて、天に頭を下げ、感謝していたのでした。

それが丘の上に人知れず住んでいるお姫様がしていることだと、街のひとたちにどうして気づくことができたでしょうか？

ある日、猫の王子様がたまたま家を離れていたときに、旅の途中の商人が、丘の上の家のそばを通りかかりました。

そうして、小さな家の窓越しに、お姫様が土の鍋で薬を煮ているところを見てしまったのでした。

お姫様の顔の呪いの仮面をちらりと見た商人は、その恐ろしさに腰を抜かし、必死になってその場から逃げ出しました。

「なんてことだ。あれは悪い魔女に違いない。きっと恐ろしい毒を作ってるんだ」

商人は、街へ駆け込むと、広場でそう叫びました。

「街外れの丘の上に、悪い魔女がいるぞ。ひとを殺すための毒を作っているんだ」

街の人々は、それは大変だと思いました。

悪い魔女が丘の上に住んでいるというなら、ほうっておくわけにはいきません。

ほんとうに悪い魔女はお后としてお城に住んでいるということを、人々が知るはずもないのでした。

人々は、手に手に武器を持ち、丘の上の小さな家をめざしました。季節外れの色とりどりの花に覆われている家を取り囲み、

「ああ魔女だから、こんなおかしな家に住むのだ」

と、互いにうなずき合いました。

恐ろしい様子で押しかける人々に、お姫様は一生懸命に、自分は魔女ではないと話そうとしましたが、呪いの仮面を見た人々は、そのみにくさにおびえるばかりで、誰も耳を貸そうとはしませんでした。

そもそも、草や木の皮を編んで作った、みすぼらしい服を着て、ひとりきり丘の上にすむ見知らぬ娘の言葉を聞こうとするものなどいなかったのです。

「殺してしまえ」

誰かが叫びました。

「悪い魔女は、殺してしまえ」

誰かが応えました。

そのとき、銀色の矢が走るように、小さな影が、部屋の中に駆け込んできました。

猫の王子でした。

王子は、その小さな背中にお姫様をかばい、胸を張り、街の人々に向かって立ちました。

そうして、猫は高らかな声でいいました。

「三つ目の願いです。お姫様、あなたがぼくの命を救ってくれたように、このぼくに、優しいあなたの命を救うことができますように」

呪いの仮面が、音を立てて割れました。

そうして銀色の猫は、小さな家の床の上に倒れました。ひとつ大きな息をすると、お姫様の腕の中で、息絶えました。

街の人々は驚きました。

みにくい仮面の下から、それはそれは美しい娘の顔が現れたから、そうして、その娘が、泣いていたからでした。

その涙が、水晶のように澄んでいたので、人々はこの娘がけっして悪い魔女などではないということを悟りました。

人々は、小さな家の中に、たくさんの干した薬草や、作りかけの薬があるのを見つけました。

そうして人々は、このところ天使のように窓辺に薬を運んでくれていたのは、この不思議な丘の上の娘と、そして息絶えた銀色の猫だったということを知ったのでした。


お姫様は、泣きながら、深い愛をこめて、猫の銀色のひたいにキスをしました。

水晶のような涙が落ちて、銀色の毛並みの上ではじけました。

そのときでした。猫の国の王子はゆっくりと緑色の目を開けました。

よみがえり、お姫様の涙をなめたのでした。

お姫様はびっくりして、それから泣き笑いしながら、腕の中の猫を抱きしめました。

昔からいわれているように、清らかな心のお姫様のキスには、なによりも強い、魔法の力があるものなのです。

すべての奇跡を見ていた街の人々は、自分たちはなんと恐ろしいことをしようとしていたのだろうと震えました。

そうしてそれから、街の人々は、ほかの街の人々にも声をかけ、国中のみんなの力で、お城にせめてゆき、悪い魔女を倒しました。

そしてお姫様が、その国の新しい女王様になったのでした。

のちに親しみをこめて、「猫姫様」と呼ばれた女王様は、正しく優しいまつりごとを行ったので、国は豊かになりました。

女王様のかたわらにはいつも、あの銀色の猫がつきそっていたということです。

‡

わたしは静かに語り終えました。

小さな頃から大好きなお話だったので、なんとか語り終えることができましたけれど、本来わたしは、お客様のお話をうかがう側のはず、こんなに長く自分ひとりで話すことはあまりないので、頬が熱くなってしまいました。

照れくささをごまかすように、洗い物もないのに、流しにうつむいて蛇口をひねると、

「しみじみと、いい話だよなあ」

と、旅人風のお客様がおっしゃいました。

「久しぶりにその話を聞いたよ。懐かしかった。嬉しかった。

ありがとうね、マスター」

カウンター越しのその表情を見ると、柔らかい優しい笑顔で、わたしの方をじいっと見つめていました。目の端《はし》に潤《うる》むものが見えたように思えたのは、気のせいでしょうか。

お客様は、優しい声でいいました。

「その猫は猫の国の王子様だったけれど、猫なら誰だって、自分の大好きな誰かを守る王子様になりたいって思ってるもんさ。

その子を守り、そのそばにいるためなら、なんだってできるってね。王子様にだって騎士《きし》にだってなる。素敵な魔法だって使えるし、奇跡も起こせるさ。――だってその猫にとっては、大好きなその子は、世界にひとりきりの大切なお姫様なんだから」

そのときでした。

あの明るいお客様、ひかりさんが、

「不思議な猫の話だったら、わたしもひとつお話しできる、とっておきの物語があるんですよ。――というか、わたし自身が経験した、リアルな出来事なんですけれど。ねえ、聞いてくださいます？」

優しい瞳が輝いています。

身を乗り出しているその感じと口元に浮かぶいたずらっぽい微笑みは、いまにもその物語を話し出したくてたまらないようで。

わたしは、

「ぜひ、うかがいたいです」

と、答えました。

ええ、このお客様のことは、ほんとうに好きだったので、お上手でも何でもなく、そのお話を聞いてみたいな、と思ったのです。

自分が経験した、リアルな出来事、といいつつ、作家志望で本をたくさん読んでいるひかりさんのことです。自分が考えたお話かもしれません。でもそれはそれで、聞いてみたいな、楽しそうだな、と思いました。

ひかりさんは、笑顔のまま、カウンター席のお客様の方を振り返りました。旅人のようなあのお客様は、若干苦笑交じりながらも、笑顔でうなずいてくださいました。

そしてひかりさんは、よろしい、というようにうなずくと、胸の奥に軽く息を吸い込み、そして話し始めたのでした。

余所《よそ》行きのような、少しだけおすましした声で。

ゆっくりと、おとぎ話のような物語を。

エピローグ
～約束の騎士

Tea For Two

ホットミルク
猫舌仕様猫薄荷《はっか》風味

わたしが小学二年生の頃、とても仲良しの男の子がいました。いつの頃からか、ずっと一緒にいて、そのまま、幼稚園に行っても、小学校に上がっても、お友達のままだったのね。家が近所で、母親同士が友達だったから、たぶんそれがきっかけだったんだと思うんだけど、きょうだいみたいに気がつくといつも一緒にいる男の子だったの。

そのせいだけじゃなくて、その子がいつもにこにこしてわたしのあとをついてきたから、世話を焼きたがりのわたしは、お姉さんみたいな気持ちになって、よしよしってかばってあげてたんですね。

その子ったら、お利口さんで難しい本をたくさん読んでいたし、まだ子どもなのに、世界中のことを何でも知っていた。それなのに、クラスの男の子に叩《たた》かれたり押されたりするとすぐ泣いちゃうし、恐がりだし、忘れ物も多い子だったから、放っておいたら先生に叱《しか》られたり、みんなに笑われたりしそうだったんです。

生まれつき、ほんの少しなんだけど足が片方不自由で、ふだんはそうでもないけど、走ろうとすると足がもつれて遅くなったりすることを、笑ったりいじめたりする子もいて、それもあって、ほっとけないとわたし、思ってたの。その子、とても優しい、いい子だったから、わたしほんとうに腹が立っちゃって。なんでこんないい子に意地悪するの、って。

その子がね、時々、いってたんです。

不思議な言葉を。

『ひかりちゃんは、ぼくのお姫様だから。約束のお姫様だから。だから、何かあったら、ぼくがきっと守ってあげるからね。命をかけても守ってあげるからね』

二年生なのに、難しい言葉を知ってるなあ、この子は偉いなあ、って思ってました。

命をかけても、ってアニメみたい、とか。

お姫様って呼ばれるのは恥ずかしかったけど、ちょっと嬉《うれ》しかったかな。

うちの母にその話をしたら、その子は本をたくさん読む子だから、「夢見がち」なんだろうっていいました。それと、おうちが寂しいから、仲良しのわたしのことを大切に思うんでしょうね、って。その子のおうちは、両親ともにお仕事が忙しくて、その子はひとりでお留守番していることが多かったんです。それをかわいそうに思ったうちの母が、よくうちに呼んでいて、それもあって、わたしたちはとっても仲良しだったのね。

三年生になる頃には、わたしには女の子のお友達が増えて、その子たちと遊ぶことが多くなっていったんですけど、その男の子はあいかわらず、わたしがいちばんのお友達で、気がつくといつもわたしのことを近くで、遠くで、にこにこしながら見守ってくれていたんです。

そんなある日のことでした。学校のお友達のみんなで、近所の山に登ろうってことになったんです。あれは誰《だれ》がいい出したのかな、運動神経のいい、男の子の誰かだったかしら。

遠足で先生に連れられて登った山の、その中腹にあった公園、あそこに子どもだけで行こうって。日曜日に、おとなにはないしょで冒険にいこうって。秋のある日のことでした。

面白そうだって思いました。わたしを入れて、全部で七人の子どもが、いくことになりました。そして、わたしがいくのなら、って、幼なじみのあの男の子も、いくことにしたんです。

『だって、ぼくが一緒にいないと、危ないことがあったとき、ひかりちゃんを守れないでしょう？』

そういってにっこり笑ったあの子の笑顔を、いまも覚えてます。それはお気に入りの絵本に出てきた騎士《きし》様のような、そんな素敵な笑顔だったんです。

子どもたちだけの遠足は、途中までは楽しかったんです。でもね、山の公園までの道は、思っていたよりもずいぶん遠くて。途中で、疲れた子がもう帰るっていい出して。そのうち、天気が急に変わって、雨が降り出したのね。山の空は真っ暗な色の雲に包まれて、冷たい雨がざあっと降って。そのうち雷《かみなり》でも鳴り始めたら、まだ三年生の子どもたちのことですもの、泣き出す子も出てきてね。

先頭に立って歩いていた男の子のひとりがね、責任を感じたのか、自分も泣きそうな顔をして、きゅっと唇《くちびる》をかんで、「近道を探そう」っていい出したの。

でも、雨が降りしきる山の中、子どもたちだけのこと、道を見失ってしまったのね。

そのうち、急いで帰りたくなった子が、ぱあっと駆《か》け出したんです。そしたらみんな、自分も自分も、って走り出しちゃって。

わたしも走ったんだけど、気がつくと、みんなばらばら。わたしはあの幼なじみの男の子とふたりだけで、山の中に取り残されてしまっていたんです。

わたしとその子は、ふたりで手をつないで、雨が降る山の中を歩きました。

『大丈夫だから』

その子がいいました。

泣いているわたしの手をぎゅっと握って、歩きながら、何度もいってくれました。

『大丈夫。きっとぼくが守るから』

その子は、歩きながら、ときどき立ち止まりました。そうして、辺りを見回すような、風の匂いをかぐようなそぶりをすると、うん、とうなずいて、『こっち』といいました。何回かそういうことを繰り返して——そして、

『ついたよ』

にこっと笑って振り返ったのは、遠足の目的地だった、あの公園でした。

『山を下りてうちに帰るのは、ちょっと遠くて、子どもの足では時間がかかりすぎる

から、だから、とりあえずここに来たの』

その子はそういうと、

『あそこで雨宿りができるよ』

わたしの手を引いて、歩き出しました。

遊具の中に、木でできたあずまやがありました。扉がなく、ふきっさらしのあずまやでしたけれど、屋根はちゃんとあって、もう濡《ぬ》れないですみました。

わたしはうなずき、鼻をすすり上げながら、その子と一緒にあずまやにいきました。

そして、いつもわたしがこの子の手を引いてあげていたのに、今日は違うんだな、と思いました。――そう、まるで、今日のこの子は、絵本の騎士様のようでした。

あずまやのベンチに座って、寒くて震えていたら、その子がそばに座ってくれました。びしょ濡れのからだでもくっついているとあたたかくて、不安なことも怖いことも疲れていることも、少しだけ忘れました。

雨を見ているうちに、夕方になり、夜になりました。

ここで朝になるまで待とう、と、その子はいいました。走って行った他の子たちが、おとなを呼んできてくれるかもしれないし、と。

『昔も、こんなことがあったね』

ふと、その子がいいました。雨を見ながら。

『きみがいつまでも屋敷に帰ってこないから、ぼくは捜《さが》しに行ったんだ。きみは森で道に迷っていた。ぼくが見つけたらすごく喜んでくれた。ぼくたちはふたりで、木こりの小屋で雨がやむまでの時間を過ごした』

またきみは森で道に迷ったんだね、と、その子は笑いました。

わたしにはそんな記憶はなかったので、不思議な話をするなあと思いました。

山の夜は静かで、真っ暗でした。街の公園と違って、山にあるこの公園には、小さな明かりしか灯《とも》りませんでした。雨の音と風の音、ざわめく森の木々の枝や葉の音が怖くて、わたしはその子に身を寄せて頼みました。

『ねえ、何か、お話をして』

するとその子は、しばらく考えて、やがて不思議な物語を語りはじめたのです。

『実はね、ぼくは猫なんだ』

『えっ？　人間でしょう？』

『生まれ変わる前は猫だったんだよ』

『それって、前世ってこと？』

男の子は、こくんとうなずきました。

『死ぬときに神様にお願いして、人間にしてもらったんだ。きみを捜して、守るために』

『うそ』

男の子は、ただ微笑《ほほえ》みました。

そうして、わたしにはわからない、おとなの世界の難しい言葉を使いながら、おとぎ話のような物語を語ったのです。

『ぼくはね、前世できみに飼われていた山猫なんだよ。森で獣《けもの》の罠《わな》にかかって、片方の後ろ足をなくした山猫だったんだ。きみは、田舎《いなか》の領主の娘、詩を書いたり歌をうたうことが得意なお嬢さんだった。野の獣だったぼくのことを恐れずに、傷の手当をして優しくしてくれた。ぼくはそのまま森に帰らず、きみの友達になったんだ。命を救ってくれた恩をいつか返そうと思っていた。

そんなある日、大きな領土を持つ貴族の若者が、お嬢さんをお嫁さんに欲しいっていってきたんだ。でもその若者は小心者のくせに残忍で卑劣なことで有名だった。お嬢さんははっきりと求婚を断った。それを見ていたぼくも、山猫として唸《うな》ってやったよ。小心者の若者は青ざめて帰っていった。両親に泣きついたけれど、両親も我が子にはいつも呆《あき》れていたから、話を聞かなかった。

それで若者は失意のあまり、酒場に飲みに行き、酔っ払ったあげく、乱暴者に喧嘩《けんか》を売ってのされてしまい、そのときの怪我《けが》が元になって、死んでしまったのさ。——それだけなら、まあかわいそうな話なんだけどね。

貴族の若者は、死の床で恨んだんだよ。お嬢さんのことを。なぜに自分の思いを受け入れてくれなかった、こんなことになったのも、すべておまえが悪い、と。若者は死んで、墓地に埋められた。でも、数日後の大雨の夜に、怪物になって生まれ変わったんだ。狼男にね。それほどまでに恨みが深かったんだろうね。それとその貴族の家は魔法使いの血を引いているという噂《うわさ》もあったから、そのせいだったのかもしれない。

狼男は真夜中、雨が降り、雷が鳴る中を、お嬢さんのいる屋敷にやってきた。でもお嬢さんの部屋の寝台のそばの床にはぼくが寝ていた。ぼくは怪物と戦った。ぼくはとても強かったけれど、後ろ足が片方なかったし、相手は怪物だったからね。狼男をやっとかみ伏せたものの、ぼくもひどく傷ついた。

狼男は息絶えるとき、お嬢さんを呪《のろ》った。

「俺はもう死ぬけれど、これから三度生まれ変わり、三度おまえを呪ってやろう。俺がこの世に戻ってくるより前に、今生のおまえが幸せに生きて死んだとしても、次の世に生まれ変わった魂《たましい》をきっと捜して殺してやろう」

そうして怪物は、人間の若者の姿に戻って動かなくなった。ぼくは震えるお嬢さんのそばでそれを見守りながら、どうしようと思った。ぼくはもう死んでしまう、そうしたらもうお嬢さんを守ってあげることができない。

お嬢さんは死のうとしているぼくのために泣いてくれた。人間の神様に祈ってくれていた。野の獣のぼくの魂が天国に行くことを。魂が神様の御許《みもと》で救われ、美しく平穏な世界で永遠に幸せになることを。

ぼくはその神様に祈った。天国なんかに行かなくていいです。ただもしあなたがこのお嬢さんのことを愛してくれているのなら、ぼくを三度生まれ変わらせて、ぼくにこのお嬢さんを守らせてください。お願いします。できれば来世では、ぼくにこのひとを守るための知恵と力を与えてください。

山猫だったぼくは、そうしてそのときの生を終えたんだ。そしてね――』

男の子は、わたしの手を取りました。

『ほら、いまのぼくは、君を守るための知恵と力、人間の手と言葉を持って、生まれ変わってきたんだよ。だからね、きみは大丈夫。安心していてね。ぼくがそばにいる限り、きっときみを守るから』

命に代えても、とその子は微笑みました。

やがて、朝になりました。おとなたちが夜明けとともにわたしたちを捜しに来てくれて、そうしてわたしたちは助け出されました。他の子どもたちがそれぞれに家に帰り、おとなに急を知らせてくれたんですね。で、まだ家に戻っていなかったわたしと幼なじみのその子がいないというので、捜しに来てくれたんです。

その日のそれきり、男の子はわたしに前世の話をすることがありませんでした。わたしはそれからときどき、その日に山で聞いた物語を思い出していました。生まれ変わりなんてあるものなのかしら。狼男の呪いとか、神様とか、わたしの前世がどこか外国のお嬢さんだったなんてことがあるのかな。

男の子はたくさん本を読んでいました。頭もとってもよい、おとなびた子でした。ですから、本で読んだお話を話しただけかもしれない、あるいは作り話かも、なんて思わなくもなかったのです。母に相談しましたけれど、やっぱりそういわれました。

大体わたしには、前世の記憶なんて、全然なかったんです。すごく普通の、平凡な、どこにでもいるような小学生だって自分でわかっていました。そんな、特別な前世なんてあるような女の子じゃないって。

もう一度、その子にその話を聞きたいと思っているうちに、永遠に無理になりました。

ある日、その子は車にひかれて死んだからです。

四年生になったばかりの頃のことでした。学校帰りの道で、そばを走っていた車が急にスピードを上げてこちらに走ってきました。運転席の男のひとが、びっくりしているその表情が見えました。どうも車が勝手に走り出したようなのです。それがスローモーションのように見えましたけれど、わたしのからだはその場から逃げることができませんでした。恐怖と驚きで、からだが動かなかったんです。

そのときでした。どこからともなく、あの幼なじみの男の子が飛び出してきて、うしろからわたしの腕をつかんで引くと、かばうように前に飛び出したのです。

男の子はわたしの前で車にはねられ、そして死んでしまいました。――でも、その一瞬前、わたしを振り返った、その表情が、得意げで幸せそうな笑顔が、いまも忘れられないんです。

『これで一度目』

かすかな声で、彼がそういった、そんな記憶もあります。聞き違いかもしれないけれど。

そうして、いくらかの時が流れました。

高校生になったわたしと、わたしの家族は、ある夏休み、長い旅行をしました。父の車で、九州長崎と長崎の離島を巡る旅に出たんです。対馬《つしま》の道路を走っているときのことでした。急な雨が降り出して、あたりが真っ暗になりました。わたしは小学生の頃のことを思い出して、後部座席の窓から雨が降りしきる山肌を見ていました。

そのときでした。あっ、と父が声を上げました。まもなく、ごとん、と、車に大きな衝撃《しょうげき》が走りました。父は車の速度を落とし、道の端《はし》に寄せると、止めました。

『どうしたの？』

助手席の母が訊《たず》ねました。

父は車から降りながら、

『山猫だよ。急に飛び出してきて』

そして、ああかわいそうに、悪かったなあ、といいながら、一匹の山猫を両手に抱いて、雨が降る道路から戻ってきました。

山猫はもう生きてはいないようでした。無傷なように見えましたけれど、片方の後ろ足が、少しだけゆがんで見えました。でもそれはいまの怪我ではなく、古い傷のようでした。

わたしは動かない山猫を見ながら、昔死んだ友達のことを思いました。幼い日に彼から聞いた不思議な物語を。

そのときでした。山肌が急に崩れたのです。崖崩れでした。わたしたちの車が向かっていたその進行方向、そのまま走っていたら、ちょうど直撃を受けた辺りの場所の山が大きな音をたてて崩れ、岩石と土砂が道路を埋め尽くしました。

わたしたち家族は凍り付いたように、それを見ていました。そのときわたしは気づいたのです。父の腕の中で息絶えている山猫、その獣の口元がどこか得意そうに、そして幸せそうに、笑って見えるということに。

そのとき、どこかで誰かがささやきました。

『これで二度、守り抜いた』

　声はそういったような気がします。


　その夜、わたしは夢を見ました。そこは白詰草《しろつめくさ》の花に覆《おお》われた、美しい草原でした。わたしはそこで長い花冠を編み、そばにいる友達の首にかけてあげていました。花冠は長く大きく編まなくてはいけませんでした。なぜってわたしの友達は野の獣、大きく立派な山猫だったからです。わたしは彼の強さと美しさをたたえる詩を作り、歌にしてうたいながら、白詰草を摘んで、花の鎖《くさり》を作りました。

　緑の野に寝そべる友人は、幸せそうに目を細め、たまに花の鎖にじゃれたりしながら、わたしの歌を聴いてくれているようでした。

　青い空からは綺麗《きれい》な日の光が降りそそぎ、わたしたちはその光を浴びて、いつまでも幸せな野原で時間を過ごしていたのでした。


　それからまた少し、時間が流れました。

　会社員になったわたしは、仕事帰りのある日、お付き合いしていた方との待ち合わせの場所に急ごうとして、腕時計を見ながら、街の大通りを小走りに歩いていました。

夕方の、空が血のように赤く染まっている時間のことでした。ちらりと見上げた高層ビルの窓ガラスも、夕焼け空を映して真っ赤に染まっていて、綺麗だけどなんだか怖いなあ、と思ったのを覚えています。

ふと、急に、何の前触れもなく、真上にそびえていたビルのガラスにひびが入り、砕けて割れました。高い空から、たくさんのガラスの欠片《かけら》が、雨のように降りそそぎました。わたしはとっさのことに逃げられないまま、ただ赤い空を見上げていました。

そのときでした。

どこからともなく、大きな翼の鳶《とんび》が飛んできて、その広い翼をわたしの頭上に広げたのです。鳶の翼はガラスの欠片をすべて受け止め、あるいは撥《は》ね返しました。

白や茶色の柔らかな羽毛が、鳶の血が、はらはらと地上に舞い落ちました。

そしてやがて、鳶は地上に落ちたのです。

茶色い羽毛のあちらこちらに鋭く光るガラスの欠片をうけた鳶は、わたしの足下に身を横たえ、もう動くことはありませんでした。かすかに痙攣《けいれん》したその片足が、古い傷なのでしょうか、折れたようになっていました。

鳶のくちばしは、どこか得意そうに、そして嬉しそうに笑っているようでした。

どこからともなく、声がしました。

『これで三度目。ついに守り抜いた』

晴れやかな、幸せそうな声でした。

その声は、あの幼なじみの男の子、彼の声に似ていたような、そんな気がするんです。


それっきり、わたしは危険な目に遭《あ》うことはありません。幸運なことばかりの人生で、宝くじだって、一千万、一億なんてのは無理でも、たまにお小遣いくらいの金額はあてたりしてるんですよ。商店街のくじでお米や商品券あてたりとか。

元気に生きて、結婚もして、いまはかわいい男の子もいて、幸せに暮らしてます。

三回死にかけたなんてこと、だから夢みたいに思うこともあって。幼なじみの男の子から、不思議な話を聞いたことも。

でもね——。

‡

「でもね」と、お客様は微笑みました。

いたずらっぽく、小首をかしげるようにして。

「あの日聞いた物語が、もしほんとうのことじゃないにしても、そんな可能性の方が絶対上よね、と思っていても。わたしは、山猫が三度生まれ変わってきて、友達を守ろうとしてくれた、そう思いたいな、と思っているんです。

だって、素敵な話だし、ロマンチックだし。――それにね、もし、山猫の話がほんとうだとしたら、それは友情にかけて忘れてはいけない物語だと思うから。

魔法や奇跡や神様が、もしこの世界に実在するとしたら、わたしがあの日聞いた物語はほんとうで、だとしたらわたしは……」

ひかりさんは、微笑んだまま、目を伏せました。

「この友情を忘れずに、ずっと幸せに生きていかなくてはいけませんものね」

わたしね、と、ひかりさんはいいました。

「ある日、祈ったんです。ていうか、山猫の魂に話しかけたのかな。明日結婚するという、その前の日の夜だったと思います。

わたしを守ってくれてありがとう。幸せを守ってくれてありがとう。でもね、でも今度はわたしにあなたの幸せを祈らせてください。だってわたしたちはお友達だから。あなたがわたしを騎士のように守りたいと思ってくれたように、わたしもあなたを守りたいんですからね、って。

もしこの世界に神様がいて、魔法や奇跡があるのなら、この願いはきっと叶《かな》うに違いない、そう思って祈りました。どうか願いを叶えてください、って」

そのとき、店のドアのベルが鳴りました。

ひかるくんでした。

「ママ、遅いよ。まだここにいたの？」

小さい背丈《せたけ》で、ドアにぶら下がるようにして、立っています。電子オルガンの教材が入った、かわいらしいレッスン用のバッグを腕から提げて、ちょっと口を尖《とが》らせて、ひかりさんを見上げています。

「ごめんごめん。お話ししてたら、つい、時間を忘れちゃってたの」

ひかりさんは笑顔で我が子の方に向かいます。自動ピアノが「Tea For Two」を朗《ほが》らかな感じで奏《かな》で始めました。ふたりでお茶を。楽しげなメロディを追うようなまなざしをしながら、ひかりさんは口ずさみます。ひかるくんも笑顔になって、小さな声でうたいながら、ママの方へと足を踏《ふ》み出しました。

少しだけその足取りがゆっくりなのは、生まれつき、片方の足が不自由だから。でも、赤ちゃんの頃から長い時間をかけて治療していて、おとなになる頃にはすっかりわからなくなるだろう、と、お医者様にいわれているのだそうです。弱い足が少しでも育つように、と、それも兼ねて、電子オルガンを習っているのだとか。

ごちそうさまでした、と、ひかりさんは笑います。我が子の方に身をかがめ、その背中に腕を回しながら。

「またお茶を飲みに来ますね」

ひかるくんが、おとなびた仕草で、ママの背中に自分の腕を伸ばしました。すっと伸ばした腕と、見上げるそのまなざしは、凛《りん》として美しい若者のよう、銀の鎧《よろい》や白馬が似合う、騎士様のようでした。

そしてふたりは、楽しげにうたいながら、まるで恋人同士のように、店を出ていったのです。

わたしと、旅のお客様は、しばらく言葉を交わさないまま、ひかりさんたちがいってしまった方を見つめていました。

お客様が、遠い目をしていいました。

「もしこの世界に神様がいて、魔法や奇跡があるのなら、この願いはきっと叶うに違いない、そう思って祈った、か……」

「神様って、いらっしゃるものなのかもしれませんね」

ひかりさんの使っていたグラスを洗い、テーブルを片付けながら、わたしは微笑みました。

お客様が顔を上げました。

「マスターは、神様とか魔法とか、信じちゃったりとかするわけ？」

冗談めかして、軽いふうに訊ねながら、どこか言葉の端に、切実な、真剣な響きが感じられました。

「はい」わたしはテーブルを拭《ふ》きながら、さらりと答えました。

「いまのお客様に限らず、こういうお仕事をしていると、それは魔法だとしか思えないような不思議なお話もたくさんうかがいますもの。いちいち疑っている方が、非現実的かな、と思います」

店の飾りの、人魚のステンドグラスは、今日も光り輝きながら、天界の光を放っています。この店にまつわる物語、たとえば人魚と曾祖父《そうそふ》の物語なども、魔法そのものとしか思えないようなものですから。

お客様は、顎《あご》に手を当て、迷うようにしながら、いいました。

「じゃあたとえばさあ、こんな話を信じるかい？　人間の女の子を幸せにするために、人間になろうとした猫がいる、なんて話をさ。そう、いつか話したような話だ。

猫は人間に化ける魔法を覚えるために、はるかな旅をして、猫の国までいったんだ。その国には魔法を使う猫がたくさんいる。いろんな魔法が伝わっているって、猫たちの間では先祖代々語り伝えられてるんだ。

だから、猫は旅立ったんだ。大好きな女の子のそばを離れてね」

「なんで、猫は人間になろうとしたんですか？」

「猫の姿のままだと、女の子と一緒にいられないと思ったからだよ。猫は野良猫だったから、薄汚れた姿の自分じゃだめだと思ったんだ。——その子の家は綺麗な喫茶店だったからね。食べ物を扱うお店では、猫はだめだって、大好きな女の子が泣きながらいったんだ」

お客様は、店の床に視線を落としました。

長い指を組んで、いいました。

「女の子は、まだ小さかった。この街にひとりきりで友達もいなかった。お父さんと別れたばかりで、お母さんは病気になって、おじいさんは優しいけれど、どう甘えたらいいのかわからなかった。——猫は、せめて自分がそばにいてあげたかった。でも猫の姿だとそれができない。

人間になろうと思った。人間になったらきっと、ずっとその子のそばにいることができる。猫は、遠い猫の国を目指した。

命がけの旅だった。長い長い旅だった。そしてやがてたどり着いた、北の果て、オーロラが空に揺れる白夜の国での修行は大変だった。魔法を覚える勉強は、それまで気楽に野良猫生活を楽しんでいた猫には、とんでもなく難しかったんだよ。

長い時間がかかった。長い長い時間の後、猫は魔法が使えるようになり、人間になれた。
駆けるようにして、懐かしい街に戻った。女の子のもとへ、帰ろうとした。
――でもね」
お客様は、寂しげに笑いました。
「あんまり長い時間がたっていたものだからね。女の子はすっかりおとなになってい
た。訪ねてきた猫を見ても、もう自分の友達のことを忘れてしまっていたんだよ」
わたしはテーブルを拭く手を止めました。
お客様は、静かに言葉を続けました。
「猫が使った人間になる魔法ね。ちょっと大変な魔法だから、怖いところもあってね。
もし話を聞いた人間が、猫が人間になれるなんてことを信じない、魔法なんてある
はずがない、と笑ったら、魔法がとけてしまうんだ。
それだけじゃない、その瞬間に、その猫の命は終わってしまう。
だからね、猫は――」
お客様は、苦しげに胸元に手を当てて、スケッチブックを抱きしめました。
「もう女の子には何もいわないままで、どこかにいってしまおうかと思ったりもした。

だけど、それはできなかった。なぜって、大好きな誰かのそばにいること、そばにいて幸せを祈ること、それが猫のいちばんの願いで、生きがいだからなんだ。それなしで生き延びても、何の意味があるだろうかと思った。

猫は女の子のそばを離れなかった。野良猫の姿のままで、ただ近くにいた。その手からミルクをもらい、なでてもらえるだけで満足しようとした。でもだんだんそれも辛くなってきた。昔と同じ姿をしているのに名前を呼んでもらえないことが。でも、やはり自分の正体の話はできなかった。話して、もし、猫のことを知らない、魔法なんてあるわけもない、といわれたらと思うと怖かった。

だけど――ああだけど。猫はある日勇気を出した。賭《か》けてみることにした。女の子がきっと自分のことを思い出してくれるということに。魔法を信じてくれることに。

猫は、長い旅の間に聞いた、猫たちの話をした。祈るように話した。女の子が、大好きだった、昔の友達のことを思い出してくれるように」

話しながらも怖くなって、やはりあきらめよう店にいくのをやめようと思った日もあるんだけどね。お客様はそういって微笑みました。

そしてお客様は、顔を上げて、わたしの方を見つめました。少しだけ震える声で、でも優しい、限りなく優しいまなざしをして、いいました。
「広海ちゃん。きみは、魔法を信じてくれるかい？」

街にまた、桜の花びらが散る季節がやってきました。今年は桜の風味のティーラテでもお出ししてみようかと思いながら、わたしは店の窓越《ご》しに、青空に舞う桜の花びらを見上げます。

「それで、その旅人風のお客様がどうなったか、お聞きになりたいんですか？」
振り返り、わたしはお客様に訊ねます。
「そもそも、その話はほんとうにあったことなのかどうか気になる？
そうですか。そうでしょうねえ……」
わたしはくすくすと笑いました。
そのとき、店のドアのベルが鳴りました。
お客様はきょとんとした顔をして、ドアの方を振り返り、あたりを見回します。

ベルが鳴ったのに誰も入ってこないから、不思議でいらっしゃるのでしょう。

わたしは身をかがめ、入ってきた猫をなでてやりました。

「いま開いたのは、人間用の方ではなく、ドアの足下に新しく作った、猫用のドアの方です。そちらにもベルをつけてるんですよ」

お客様は猫の方に身を乗り出し、笑顔になりました。

猫が得意そうな顔をしてる、とおっしゃいました。

背中に桜の花びらをのせてる、って。

よかった、このお客様はほんとに猫がお好きなようです。

「あ、ごめんなさい。しばしお時間を」

わたしは猫に雑巾《ぞうきん》を手渡してから、自分は流しで丁寧に手を洗いました。

お客様は驚いたような顔をして、雑巾をくわえた猫を見つめていました。

うちの猫は雑巾を渡したら、自分で足くらい拭けるんですよ、というと、お客様は信じられない、というように身をのけぞらせました。

猫は猫で、雑巾にじゃれつくようにしながら器用に全部の足を拭き、いよいよ笑って見せます。

「まあ、お客様、びっくりなさってますね。人間の言葉がわかるみたいですって？　ふふ。さてどうでしょう？　そんな不思議な猫っているものでしょうか？　それとも、お客様、魔法を信じますか？」


春の日差しが静かに店の中に射し込んできています。

カウンターのテーブルの上には、古いスケッチブック。

小さい頃のわたしが、笑顔で茶白の大きな猫を抱きしめている、そんな絵が描いてあります。今朝起きたらまだ絵の具が濡れたままの絵がそこに広げてあったので、夜中に描いたのでしょう。

「――ね、トラジャ、これ、額に入れて飾りましょうか？」

わたしが聞くと、猫は上機嫌《じょうきげん》な様子で、ぴん、としっぽを振って応えました。

自動ピアノが、「Tea For Two」を奏《かな》でました。

わたしは猫のために、猫舌仕様のミルクを用意しはじめました。

猫薄荷《はっか》風味がいいかな、と考えながら。

猫は、銀杏《ぎんなん》色の目を細め、お客様に頭をなでられて、得意そうにひげを上げました。

あとがき

わたしは最近では、大人向けの本の世界で物語を書かせていただくことが多くなってきましたが、実はいまも子どもの本の世界でのお仕事も続けています。

特に、掌編《しょうへん》から短編の長さの物語を書くことが好きなので、図書館にあるような、子ども向けのアンソロジーの本のお仕事のご依頼をよく引き受けて、楽しんで書かせていただいていました。

そんなふうにして、ここ数年の間に書いてきたものが、我ながらどれも気に入っていたので、このままばらばらにさせておくのは惜しいと思いました。いわゆる童話、ほんわかとしたメルヘン風な作品が多くはあるのですが、内容そのものは、（悪い意味での）子ども向けには描いていないというささやかな自負もありました。

図書館にある本の中の一作として、子どもたちの記憶に残るのは楽しいことですが、本のかたちが古くなるうちに、やがて時の流れの中で消えていってしまう作品になるだろうということは想像がつきます。

読み返してみると、猫と魔法がらみの不思議な話が多いので、一冊にまとめて、全体のトーンを少しだけ統一したら、それなりにまとまって、けっこう面白い本になるのでは、と思いました。そこで気がついたのです。——これ、アレンジしてまとめたら、『カフェかもめ亭』の二巻ができるんじゃ？

で、ポプラ社Kさんに相談してみたら、彼女が乗り気になってくれたのでした。ただ、そうするには、やはり何かしら書き下ろしの作品をつけるのと、枠物語が必要だろう、という話になったわけですが……。

ここでひらめいたのが、『カフェかもめ亭』一巻の表紙、そして扉に、画家の片山《かたやま》若子《わかこ》さんが書き添えてくださった、謎《なぞ》の猫です。

この猫ですね。

わたしが書いた物語の中には、この猫は存在しないんです。でもしっかりキャラクターがありそうな、目つきの悪い、太めの、だけどちょっとかっこいい謎の猫。この猫の物語を考

えて、書いてみよう、と思いました。

謎の猫とカフェの若き主《あるじ》、広海《ひろみ》さんの物語。二人の会話から生まれる物語。

そんなふうにして、この本の完成した姿のイメージはできあがっていったのでした。


絵が元になっているといえば、今回の本に収められている、「猫の魔法使い」に登場している小道具、勇気ある小さな魔法使いのイラストは、友人のイラストレーター、後藤《ごとう》あゆみさんが昔わたしに贈《おく》ってくれた絵が頭にあって描いたものです。あれは誕生祝いにいただいたものでしたでしょうか。とんがり帽子をかぶった猫の魔法使いが、得意そうに笑っているかわいらしい絵。思えば物語のモチーフも併せてプレゼントしていただいたようなものでした。

こんなふうに、物語を書く上で、わたしのそばにあるもの、考えてきたこと、日々の暮らしが核となることがよくあります。作家の経験や感情、生活に根を張って、物語は生まれてくるのかもしれません。

「白猫白猫、空駆《か》けておいで」は猫と飛行機と、そしてこれもまた、絵の物語ですが、思えばこの本の中でいちばん深くわたしの心に根を張っている物語かもしれません。

小さい頃、父の仕事の関係で、大好きだった街から、遠い街に引っ越《こ》したこと。そのとき心の中で、いつか飛行機でまたこの空港に戻ってこられたらな、と思ったこと。あのときの、切ない気持ちはいまになっても思い出せます。

絶対に無理だろうと思っていました。あの頃の小学一年生には、空路の旅は、地の果てまでの旅に思えるほど遠く遥《はる》かな旅でした。

けれど、気がつくとおとなになったわたしは、いつか帰りたいと願った羽田《はねだ》空港に、年に何回も、どうかすると月に三度も飛んでいく生活をするようになっているのでした。

物語の中に出てくるボーイング747‐400は何回もその翼で旅をした思い出の多い飛行機で、わたしは昨年十二月に、長崎東京間の「里帰り飛行」、最後の旅に搭《とう》乗《じょう》しました。冬の新刊が出たばかりの、その用事のための上京とちょうどタイミングがあったのでした。離陸のときの独特なエンジン音を聞き、巨大な竜の翼が地を打って飛翔《ひしょう》するような浮遊感を楽しみながら、ふと、いまの自分が、大好きなこの飛行機と最後の旅をすることができているということは魔法のようだな、と思っていました。

遠い昔、小さなわたしが両親に手を引かれて、泣きながら歩いていた空港には、子どもの願いを叶《かな》えてくれる優しい魔法使いか妖精か、神様がいたのかもしれませんね。
あるいは、旅の途中の猫の国の魔法使いが。
最後になりましたが、校正と校閲《こうえつ》の鷗来堂《おうらいどう》さん、今回もありがとうございました。

二〇一四年一月　誕生日の夜に

村山早紀

＊初出
本書は、各短編を加筆・修正ののち、
書き下ろしを加えて構成し、文庫化したものです。

猫の魔法使い　『マジカル☆ストリート1　ねこの魔法使い』
（二〇一一年二月、偕成社、「ねこの魔法使い」より改題）

ふわにゃんの魔法　『マジカル☆ストリート7　バレンタイン☆キューピッド』
（二〇一二年二月、偕成社）

踊る黒猫　『asta*』二〇一三年十一月号（ポプラ社）

三分の一の魔法　『放課後の怪談〈8〉3分の1の魔法』
（二〇一〇年三月、偕成社、「3分の1の魔法」より改題）

白猫白猫、空駆けておいで　『飛ぶ教室』第29号（二〇一二年春、光村図書出版）

猫姫様　『ファンタジーの宝石箱 vol.4　ハッピーコール』
（二〇〇四年十月、全日出版）

エピローグ～約束の騎士　書き下ろし

カフェかもめ亭《てい》 猫《ねこ》たちのいる時間《じかん》

村山早紀《むらやまさき》

2014年3月5日初版発行

発行者……奥村 傳
発行所……株式会社ポプラ社
〒160-8565 東京都新宿区大京町22-1
電話……03-3357-2212（営業）
03-3357-2305（編集）
0120-666-553（お客様相談室）
ファックス……03-3359-2359（ご注文）
振替……00140-3-149271
フォーマットデザイン 荻窪裕司（bee's knees）
組版・校正 株式会社鷗来堂
印刷・製本 凸版印刷株式会社

乱丁・落丁本は送料小社負担でお取り替えいたします。
ご面倒でも小社お客様相談室宛にご連絡ください。
受付時間は、月～金曜日、9時～17時です（ただし祝祭日は除く）。

ポプラ文庫ピュアフル

ホームページ http://www.poplarbeech.com/pureful/

N.D.C.913/280p/15cm
ISBN978-4-591-13934-9

「風早の街の物語」シリーズ

コンビニ
たそがれ堂
シリーズ

コンビニたそがれ堂

大切な探し物ときっと出会える不思議なコンビニ「たそがれ堂」。そこで人々が見つけるものとは？　感動の声が続々と寄せられるロングセラー。

コンビニ たそがれ堂 空の童話

コンビニ たそがれ堂 星に願いを

コンビニ たそがれ堂 奇跡の招待状

装画：早川司寿乃

黒猫の待つ製本工房へようこそ！
本への愛と人生の不思議な輝き

村山早紀
『ルリユール』

装画：坂本ヒメミ

おばあちゃんの暮らす街に、母の地図を頼りにひとり訪れた中学生の瑠璃。ある夜、不思議な洋館に迷い込み、クラウディアという名の美しい造本師に出会う。しゃべる黒猫のいる不思議な製本工房を舞台に、本と人とが織り成すファンタスティックな物語！

ポプラ文庫ピュアフルの好評既刊

猫がもたらす事件の数々を
人気作家6人が華麗に謎解き！

秋山浩司　大山淳子　小松エメル
水生大海　村山早紀　若竹七海

『青春ミステリーアンソロジー　猫とわたしの七日間』

装画：usi

猫は不思議と謎を連れてくる。遺産争いに巻き込まれた猫の幽霊騒動、盗難疑惑から浮上した行方不明事件、失われた「絵画」を巡る謎解き、白猫の〝わたし〟が巻き込まれた奇妙な盗難事件。まねき猫がしゃべり出すユーモアミステリーから、先輩が飼っていた黒猫と過ごした切ない七日間を描く、すこし不思議な物語まで、人気作家6人が「猫と過ごす七日間」という共通設定のもと競作！　文庫オリジナルで登場!!

日常の隙間に、ささやかな幸福を運んでくれるイラストストーリー集

早川司寿乃『いつも通りの日々』

装画：早川司寿乃

大切なことは、日常生活の中にひそんでる――。雪の日に訪ねてきたくま、雷神さんに嫁いだ妹、隣のうちのドアを抜けてたどりついた町……平凡な暮らしを営んでいる「わたし」たちに舞い降りた、ちょっと不思議な出来事と、その中で見つけるささやかな幸福。

『西の魔女が死んだ』（新潮文庫）など数々の名作、話題作の装画を担当してきた著者が、丁寧に描き出した14のイラストストーリーが、文庫オリジナルで登場。

〈解説・梨木香歩〉

ベストセラー『頭のうちどころが悪かった熊の話』
著者の切なくも心温まる初期傑作

安東みきえ
『天のシーソー』

装画：酒井駒子

小学五年生のミオと妹ヒナコの毎日は、小さな驚きに満ちている。目かくし道で連れて行かれる別世界、町に住むマチンバとの攻防、転校してきた少年が抱えるほろ苦い秘密……不安と幸福、不思議と現実が隣り合わせるあわいの中で、少女たちはゆっくりと成長してゆく。

一篇一篇が抱きしめたくなるような切なさとユーモアに満ちた珠玉の連作短編集。

書き下ろし短編「明日への改札」を収録。

〈解説・梨木香歩〉

ポプラ文庫ピュアフル5月の新刊

笹生陽子

『家元探偵マスノくん
——県立桜花高校★ぼっち部』

新学期の友達作りに乗り遅れた平凡な女子高生・チナツは、成り行きで、孤高の変人ばかりが集う「ぼっち部」へ入部することに。笑いと涙の学園ミステリー！

英《はなぶさ》 雄飛《ゆうひ》

『アイドル潜入捜査官
小田切瑛理』

とある権力者の指示で、国民的人気アイドルグループに潜入することになった小田切瑛理。まずはオーディションの年齢制限を突破するところから……!?　さわやか爆笑ストーリー！